LES

SALTIMBANQUES

PARIS. — TYPOGRAPHIE MORRIS PÈRE ET FILS

64, rue Amelot, 64.

GASTON ESCUDIER

LES

SALTIMBANQUES

LEUR VIE — LEURS MŒURS

500 DESSINS A LA PLUME PAR P. DE CRAUZAT

PARIS

MICHEL LÉVY FRÈRES, ÉDITEURS

3, RUE AUBER, PLACE DE L'OPÉRA

LIBRAIRIE NOUVELLE

15, BOULEVARD DES ITALIENS, AU COIN DE LA RUE DE GRAMMONT

MDCCCLXXV

A MON AMI

A. CORROYER

AVANT-PROPOS

C'est un article publié dans *l'Art Musical,* au sujet de la fête de Neuilly, qui m'a donné l'idée de poursuivre ces études sur les saltimbanques.

Je me suis laissé entraîner par ce sujet original, et, de chapitre en chapitre, je suis arrivé à former ce volume.

L'un de nos artistes les plus distingués, M. de Crauzat, a bien voulu s'associer à mon œuvre, pour ainsi dire improvisée. C'est à sa plume habile et spirituelle que l'on doit les dessins qui ornent les pages de ce livre.

Qu'il me permette de le remercier sincèrement de son excellente collaboration.

GASTON ESCUDIER.

Ce serait un oubli de ma part de ne pas adresser des remercîments à mon bon ami, M. Arthur Heulhard, pour la complaisance avec laquelle il a mis à ma disposition sa belle bibliothèque, où j'ai puisé de précieux renseignements.

PRÉFACE

Sorciers, farceurs, jongleurs, charlatans, bateleurs courent le monde depuis que le monde existe, montrant des animaux ou des tours de passe-passe, vendant de tout, même de bonnes choses parfois, amusant les populations de leurs lazzi traditionnels, jetant dans les campagnes lointaines comme un reflet terni d'une vie urbaine fantastique, où les femmes porteraient à l'ordinaire des maillots couleur de chair et des jupes pailletées, et les hommes des uniformes de cour et des chapeaux à claque ; nomades, cosmopolites, et gardant néanmoins leur caractère propre, ainsi vont-ils, par clans, par familles ou isolément, travaillant chacun pour son compte, mais se retrouvant, au besoin, pour se porter secours ; membres d'une grande confrérie, ayant ses us et coutumes, ses héros, ses prototypes et ses dieux, cousine germaine de la truanderie, où elle se recrute, et qu'elle méprise en attendant qu'elle y retombe.

Humanité à part dans la civilisation, vivant de celle-ci en payant son écot en monnaie de singe, c'est toujours cette bohème bigarrée et errante qui vient on ne sait d'où et qui y retourne, honnête à ses heures, ne reconnaissant qu'une royauté au monde : LE MONSTRE sous toutes les formes, parce que le monstre fait vivre ses courtisans, sans que ceux-ci aient à faire quoi que ce soit.

Le monstre se laisse choyer ; plus il est monstre plus il est tyrannique, et plus il est choyé par conséquent. Que d'autres se disloquent, se contorsionnent, dansent sur la corde, se crèvent l'estomac en mangeant des cailloux ou des sabres, portent des canons ou se lancent à travers les espaces au risque de se rompre les os, c'est leur affaire.

Un bon petit ou gros monstre bien conditionné
est infiniment plus avantageux pour son entou-
rage. Aussi, il est roi.

En remontant le cours des siècles, on trouve
ce droit à la royauté reconnu au monstre, par la
société en général, et par la population de Paris
en particulier.

A un moment donné, sortait de ses bouges une
foule déguenillée, tordue, carabossue, hideuse,
d'infirmes faux ou vrais, maquillés de plaies sor-
dides, embéquillés, de culs-de-jatte, malingreux,
torcouls, etc., portant en triomphe le plus horrible
d'entre eux, couvert d'une chape d'or et orné
d'une couronne.

« Place au roi des fols ! »

Et la tourbe grouillante, ivre morte, envahit
les églises ; le clergé reçoit en grande pompe Sa
Majesté truande, qui prend place au chœur, sous
un dais de drap pourpre broché d'or, et assiste
majestueusement au service divin, pendant que
ses féaux hurlent à l'envi, coupent les bourses
et les manteaux des curieux fourvoyés dans la
bagarre, et renouvellent les grandes saturnales
de l'antiquité.

Puis tout rentre petit à petit dans la nuit des

repaires, et le cauchemar monstrueux se dissipe, pour recommencer à une nouvelle occasion.

Entre temps, apparaissent les trouvères, les troubadours, revenant de la terre sainte et gagnant leur vie en racontant leurs aventures le long des routes. Ceux-ci, du moins, sont les pères de la poésie.

De là à mettre en scène les épisodes du nouveau testament, dont ils venaient de parcourir le théâtre lui-même, il n'y avait qu'un pas, et ils le firent ; inventant ainsi de toutes pièces un art que les Grecs et les Romains avaient poussé si loin, mais dont les traditions étouffées systématiquement étaient perdues.

Ces traditions, d'autre part, ne demandaient qu'à vivre ; on les voit se perpétuer et se perfectionner chaque jour davantage, passant successivement de la place publique et des tréteaux à une véritable scène, à un théâtre, ainsi que la chose arriva sous Charles VI, dit-on, qui donna aux comédiens l'hôpital de la Trinité [1] pour y représenter *leurs farces et sotties.*

1. Rue Saint-Denis, à l'angle de la rue Grenéta.

Il se déployait dans ces représentations un luxe de décors et de personnages dont on ne se fait pas une idée bien exacte.

Il y a entre autres une pièce intitulée *la Nativité,* en cinq actes, dont la mise en scène devait être bien extraordinaire.

« Ire ÉTABLIE (acte) : *Le Paradis.*

» Ouvert en forme de salle de Trosne, au milieu
» duquel est DIEU sur une chaese parée. Au
» côté dextre de lui, PAIX, et sous elle,
» MISÉRICORDE, et au senestre, JUS-
» TICE, et sous elle, VÉRITÉ. Autour
» d'elles, neuf rangs d'anges les uns sur les
» autres.

» IIe ÉTABLIE : *Nazareth.*

» 1. La Maison des parents de Notre-Dame.
» 2. Son Oratoire.
» 3. La Maison d'Élysabeth sur la montagne.

» IIIe ÉTABLIE : *Jérusalem.*

» 1. Le Logis de Siméon.

» 2. Le Temple de Salomon.

» 3. La Demeure des pucelles.

» 4. Hostel de Gerson Scribe.

» 5. Le Lieu du peuple payen.

» 6. Le Lieu du peuple des Juifs.

» IVe ÉTABLIE : *Bethléem.*

» 1. Le Lieu de Joseph et de ses deux cousins.

» 2. La Crache (crèche) ès bœufs.

» 3. Le Lieu où on reçoit le tribut.

» Ve ÉTABLIE : *Rome.*

» 1. Le Château de Sirin, prévost de Syrie.

» 2. Le Temple d'Apollon.

» 3. La Maison de Sybille.

» 4. Le Logis des princes de la synagogue.

» 5. Le Lieu où on reçoit le tribut.

» 6. La Chambre de l'empereur.

» 7. Le Trône d'icellui.

» 8. La Fontaine de Rome.

» 9. Le Capitole. »

Un des premiers auteurs de sotties dont le nom et les œuvres soient conservés, c'est Pierre

Gringoire, dit Vaudemont, dont Victor Hugo a immortalisé mais faussé la physionomie.

Ensuite Pontalais, un farceur célèbre par son esprit d'à-propos.

Jean de Serres, excellent acteur, dont Marot dit que :

> Nature ne lui fit la trogne
> Que d'un badin et d'un ivrogne.

Le comte de Salles, qui était basochien.

Jacques Mernable, le pauvre Irus, chanté par Ronsard.

> Il n'avait ni maison ni table,
> Et jamais, pauvre, il n'avait veu,
> En sa maison de pot-au-feu.

Ces personnages étaient de vrais initiateurs. Ils représentaient les pièces qu'ils faisaient eux-mêmes.

Après eux viennent des imitateurs, qui conservent les traditions des premiers, sans créer systématiquement eux-mêmes tous les rôles qu'ils jouent.

Voici, tout d'abord, Gaultier Garguille, Gros-Guillaume et Turlupin, trois mitrons qui, un

jour, jetèrent aux orties la longue jupe pour
mener la vie de comédiens en plein air.

Gaultier Garguille, de son vrai nom, s'appelait
Hugues Guéru. C'était un poëte, témoin ce couplet adorable :

> Je sais bien qu'un roi seulement
> Est digne d'être votre amant,
> O ma douce cruelle !
> Mais si je faux en vous aimant,
> Au moins la faute est belle.

*Il était long, mince, souple et si dégingandé,
que rien qu'en le voyant le public s'esclaffait
de·rire.*

Gros-Guillaume se nommait en réalité Robert
Guérin. Il avait une grosse bedaine, et pour ressembler tout à fait à un tonneau, il se cerclait avec
deux courroies, l'une sous les aisselles, l'autre
autour du ventre. Son visage était couvert de
farine et grimaçait d'une façon désopilante. Hélas ! le malheureux souffrait de la pierre, et ce qui
faisait rire à se tordre les assistants, c'étaient souvent d'effroyables douleurs qu'il dissimulait mal
et à grand'peine.

Quant à Turlupin, dont le nom de théâtre a
passé dans la langue française avec les *turlupi-*

nades, il s'appelait Henri Legrand. Il est peut-être un aïeul de notre dernier Pierrot, Paul Legrand ! Qui sait ?

Turlupin était un beau garçon, qui avait pris pour modèle un auteur de la Comédie-Italienne du nom de Briguelle ; il s'était incarné dans ce personnage et l'imitait en tout et pour tout.

Ces trois artistes étaient inséparables. Jamais aucune rivalité n'avait jeté d'ombre sur la grande amitié qui les unissait. Un jour, Gros-Guillaume se permit de représenter en charge un gros bonnet du parlement. Le public et le personnage lui-même comprirent l'allusion. Le magistrat se mit en colère et fit jeter Gros-Guillaume en prison.

Le pauvre farceur mourut de saisissement.

Ses deux amis ne purent lui survivre : ils moururent de chagrin la même semaine que lui.

Nous n'en finirions pas s'il fallait raconter l'histoire de tous les personnages qui amusèrent nos aïeux ; rien que leurs noms rempliraient des volumes.

Citons-en quelques-uns cependant :

Jodelet, Guillot-Gorju, Jean Farine.

Bruscambille, Mondor et Tabarin, beau-père de Gaultier Garguille.

A la fin du dix-huitième siècle, quelques charlatans célèbres : Mochine (médecin des urines).

Les demoiselles Demoney et Variton (maladies
des chiens et des chats).

Le sieur Lupano, vénitien (marchand d'encre
invisible).

La signora Francesca (serpents danseurs de
cordes).

L'Aveugle du bonheur.

Le gros Thomas (arracheur de dents).

Au milieu de ces farceurs et farceuses aussi,
mais brigands et écumeurs de rues en outre, quelques noms célèbres :

L'Éclair et Fine-Oreille, Cléomas, Arpalin,
Palioly, Lucromis, Adrastre, Carrefour, Cartou-
che, Maillard, etc.

Coquins émérites, dont la société ne vaut pas
la peine qu'on y perde son temps.

Ah ! voici le *grimacier ;* c'est plus drôle.

La grimace tient une large place dans l'art
forain. Elle a ses traités, ses lois, ses définitions ;
il y a même un livre latin intitulé : *Ars, ratioque
os distorquendi ; Arts et moyens de contorsionner
le visage*.

Toujours à la fin du siècle dernier, un personnage singulier attira la curiosité publique. C'était un Taïtien amené en France par Bougainville, et qui se nommait Aoutorou.

Et pendant ce même temps, au pont Neuf, brillaient Duchemin et le père la Joie.

Tandis que le nain Bébé faisait les délices des salons de la capitale.

Citons encore Taconnet, surnommé le Molière des boulevards ; Ramponneau, qui fut comédien malgré lui, et Fanchon la *vielleuse*.

Nous ne pouvons passer sous silence les héros de la comédie pure, c'est-à-dire les types qui, après de si longues années, se conservent encore intacts, portant le même costume, les mêmes couleurs, le même masque qui leur avait été donné au commencement par les maîtres de l'art. Quels types et quels maîtres !

Voici Pantalon, Crispin, Pasquin, Scapin, Mezetin, Scaramouche, Le Capitan (Matamore), Briguelle, Jocrisse, Gilles, Pierrot, Paillasse, Janot, Jean-Bête, Cadet-Roussel, Arlequin, Trivelin, Cassandre, Polichinelle, Madame Gigogne, Violette, Colombine, Marinette, Bamboche, qui fut le père des marionnettes.

C'est l'Italie qui nous a donné ces personnages

immortels, dont la tradition se perpétuera jusqu'à la fin du monde.

Au commencement de ce siècle, florissait dans les rues de Paris un certain nombre de saltimbanques, bateleurs et charlatans, dignes précurseurs de ceux dont le cortége va défiler sous les yeux du lecteur.

Le siècle marche et se perfectionne à tous les degrés de l'échelle.

Aujourd'hui, les trucs sont plus compliqués qu'ils n'étaient jadis.

Les boniments se ressentent du progrès général. En 1800, ils étaient plus modestes, mais, en somme, ce qu'on voit de nos jours ressemble assez à ce qu'on montrait à cette époque.

Tant il est vrai qu'il n'y a rien de nouveau sous le soleil.

Seulement, il me semble que la femme à barbe se multiplie de notre temps; on en signale quelques-unes simultanément. Autrefois, cette anomalie était plus rare.

Messieurs, mesdames, voici L'HOMME INSENSIBLE.

Il se passe une tringle dans l'œsophage à travers les intestins, jusqu'au bout... Il se traverse les joues avec une longue aiguille et manie une barre de fer rouge sans se brûler les doigts.

Monsieur, que vous voyez ici, avale des cailloux ; il se régale avec ce mets délicieux, dont il a pris l'habitude en voyageant dans les îles désertes. — Ce phénomène, mesdames et messieurs, n'a qu'une jambe et une cuisse. En revanche, il a deux bras droits. Venez voir !

En passant, et au-dessus de ce cercle curieux de spectateurs, voyez-vous voltiger cette canne ? Ce batonniste, messieurs et dames, est très-adroit. D'un moulinet, il enlève une pièce de six liards de dessus le nez d'une personne de la société. Si quelqu'un veut en faire l'expérience, qu'il s'approche !

Se souvient-on encore de l'habile Pradier, qui travaillait vers 1846 aux Champs-Élysées et sur le boulevard de la Madeleine ? Avec ses trois cannes, il accomplissait de véritables miracles.

Ah ! ciel ! que se passe-t-il là-bas et pourquoi ces éclats de rire ? C'est une querelle, par ma foi ! entre un homme-orchestre et un joueur de serinette. L'homme-orchestre est furieux, il veut frapper son adversaire ; oui... mais il ne peut pas, ses ficelles l'empêchent. C'est à crever de rire.

Ah ! voici *la Chanteuse voilée ;* déposez votre offrande dans sa tirelire, et n'essayez pas de voir son visage, puisqu'elle le cache.

Ah ! par exemple ! est-il permis de prendre de si étranges postures ? Voyez donc ce pauvre diable, il est tout disloqué, et, Dieu me pardonne, il casse un noyau de pêche et il aplatit une balle de plomb... avec son derrière.

N'oubliez pas en passant les pierres à brrrrrri-quets, qui rrrrrrendent la lumièrrrrrre à volonté.

Faites tond' vos chiens, tailler vos chats... et surtout ne soyez ni brutal ni injuste avec les ani-maux.

Écoutez l'histoire triste du *Marchand d'épon-ges.* Il avait un vieux chien qui soutenait avec ses dents un côté de la manne à la marchandise. Un jour d'été, le maître et le chien s'arrêtent pour déjeuner. Un morceau de pain pour le cani-che, du pain et un morceau de viande pour le patron. Le patron, harassé, s'endort et laisse tomber sa viande. Il se réveille tout à coup, croit que son compagnon l'a volé et lui lance un coup de bâton si malheureusement, qu'il l'assomme. Au même instant, il reconnaît son erreur. Il pro-digue ses soins à son vieil ami fidèle : c'était inutile.

Et alors il meurt aussi de chagrin et de remords.

Nous en aurions encore beaucoup à voir, sans doute, mais il se fait tard. Il faut rentrer au logis, la ménagère n'aime pas qu'on laisse refroidir la soupe.

Donc, saluons de loin, sans nous arrêter, l'âne savant et les petits chiens, ses collègues et rivaux en fait de talents de société. Un autre jour, nous nous ferons, par eux, tirer notre horoscope.

L'excursion dans le passé que nous venons de faire est d'ailleurs bien assez longue ; il s'agit de fermer la parenthèse.

Messieurs les bateleurs modernes, *à votre tour !!!*

FÊTE DE NEUILLY : *LA PARADE*.

LES

SALTIMBANQUES

CHAPITRE IER

La Fête de Neuilly. — La Parade. — Les Allumeurs. —
Curiosités. — *Jeanne d'Arc*. — La loge Cocherie.

 PRÈS celle des Loges, à
Saint-Germain, la fête la
plus brillante, la plus ani-
mée et la plus courue des
environs de Paris est, sans
contredit, celle de Neuilly.
S'étendant sur une lon-
gueur de plus d'un kilomètre, renfermant les
monstres les plus hideux, les géantes les plus
renommées, les saltimbanques les plus habiles,
les loges les plus somptueuses, la fête de Neuilly
présente un aspect vraiment curieux.

Après avoir traversé le boulevard de la Grande-

Armée, vous arrivez aux fortifications ; de là à la
fête de Neuilly il n'y a qu'un pas. Sur la gauche, se
trouvent les baraques, les cafés, les chevaux de
bois, les théâtres — car il y a des théâtres ; sur la
droite, ce ne sont que loteries, jeux de macarons,
billards, etc., etc. C'est entre ces deux allées que
s'agite une foule joyeuse, folle, criant, hurlant
même au besoin, s'étonnant de tout, *gobant*, en
un mot, les mille spectacles qui se passent sous
ses yeux. Et c'est vraiment chose curieuse que de
voir tout ce monde, alléché par l'annonce d'un
saltimbanque, céder peu à peu et gravir les marches de sa loge.

C'est là, du reste, que réside l'habileté de ces
artistes forains ; l'intérieur n'est rien :
une fois la recette encaissée, peu importe que le public soit ou non émerveillé ; le principal, c'est la caisse ;
aussi faut-il attirer les badauds. C'est
alors le *coup du boniment*, comme ils disent.
Il y en a, ma foi, qui sont de première force
sur ce chapitre. La parade vient ensuite, comme
argument, renforcer l'exorde du saltimbanque.
Tous les sujets de la troupe s'alignent alors sur
les tréteaux, et en avant la musique !

Hommes, femmes, en maillots à paillettes, enfants, musiciens costumés en sauvages, tout ce monde se démène : on dirait d'une armée de diables. Le silence se rétablit subitement, et le chef de la baraque, entonnant un immense porte-voix dont la forme ressemble quelque peu aux trompettes du jugement dernier, répète le fameux : « Entrez ! » Et la foule de se précipiter, véritables moutons de Panurge, derrière les *allumeurs*. — Les allumeurs sont des employés aux gages de ces saltimbanques, qui entraînent le public à leur suite en donnant l'exemple. Comme les soldats du Châtelet, ils sortent par une porte de derrière pour revenir de nouveau, et recommencent ainsi le même manége jusqu'à ce que la salle soit remplie.

A Neuilly, ce qui domine par-dessus tout, c'est un bruit infernal, assourdissant, horrible. Cela tient à ce que les baraques sont fort rapprochées les unes des autres. L'orchestre, composé de deux ou trois musiciens, de huit ou dix dans les loges riches, s'escrime sur un pauvre pas redoublé, qui n'en peut mais, que l'on écorche à plaisir.

Parmi les curiosités de la fête de Neuilly, il faut citer le théâtre des Barnum, des Barnum, des Barnum : le grrrrand musée de cire, où les pièces mécaniques les plus supérieures *(sic)* sont démontrées par un professeur de la science. Le fait est que, pour six sous, on voit chez les Barnum des choses curieuses. Dans le fond, j'ai remarqué MM. Thiers, Wagner, Gambetta, les frères Siamois et Thérésa, admirablement bien moulés. Ce groupe attire tous les regards. Puis, après avoir assisté à la bataille d'Hastings, 1066 ; à l'adoration du Christ ; à la prise de Constantinople, 1453, qui fut le tombeau de Constantin XII ; à l'exécution de Tropmann ; après avoir admiré les Clodoches dansant, oui, dansant, bien qu'en cire, vous pouvez, moyennant 15 centimes, voir le cabinet particulier, où vous... Au fait, si vous êtes curieux, faites comme moi : allez-y. Le spectacle en vaut la peine.

Après avoir passé devant quelques diseuses de bonne aventure, dont une m'a prédit que j'hériterais de 10 millions dans les huit jours, après avoir admiré quelques lutteurs aux bras robustes, dé-

fiant la foule et engageant des paris de 5oo francs,
nous arrivons à un théâtre où l'on joue un drame :
Jeanne d'Arc ! Ce n'est certes pas là que je vous
engagerai à aller apprendre l'histoire de l'héroïne
d'Orléans. Les acteurs font de leur mieux ; ils mettent bien dans l'action tout leur cœur et toute leur
intelligence ; mais ils jouent à leur manière En fin
de compte, ils ne sont que grotesques. Et cependant *Jeanne d'Arc* attire la foule.

Laissons de côté le théâtre artistique, le grand
drame de *la Tour de Nesle, les Brigands espa-
gnols, la Révolte du Caire* et arrivons à une
loge immense, la loge de Cocherie !

Ici, rien de commun avec les autres baraques.
Les costumes sont neufs et étincelants ; les décors
sortent des premiers ateliers de Paris. Un air de
bon ton règne sur toutes les physionomies. A la
porte, point de boniment excentrique. Imaginez
une bande de musiciens jouant presque juste et
engagés à l'année, comme les artistes de l'Opéra
ou des Italiens, et vous aurez une idée de l'aspect
de la loge Cocherie.

D'une cinquantaine d'années, l'œil vif, habillé
en marquis Louis XV et portant le costume comme
un véritable marquis, Cocherie est un savant ; il

plane au-dessus de ses voisins. Ses démonstrations scientifiques, ses expériences sur l'électricité,
ses spectres fort bien réussis lui valent de vifs applaudissements. Ses équilibristes, ses gymnastes,
ses physiciens fort habiles lui réussissent à merveille. La salle de son théâtre, grande, spacieuse,
aérée, possédant des loges d'avant-scène, peut
fournir une recette de 6 à 700 francs. Et tous les
soirs elle est comble.

On affirme que Cocherie possède quarante mille
livres de rente !

LA FEMME SAUVAGE.

(D'après nature.)

CHAPITRE II

ORSQUE vous arrivez sur l'emplacement d'une fête tant soit peu sérieuse, comme celle d'Amiens, de Neuilly, de Saint-Cloud ou de Meaux, trois choses vous frappent tout d'abord, toutes trois fort désagréables : l'éclairage borgne, l'odeur nauséabonde de l'huile et de la poudre et le bruit assourdissant d'énergumènes qui soufflent dans des instruments de cuivre jusqu'à en faire éclater les tuyaux. Vous

vous remettez bien vite et vous pénétrez, à la suite des badauds, dans la loge du saltimbanque ou du banquiste.

Saltimbanque vient de l'italien *saltare* danser, *in* dans, sur, *banco* banc. Le dictionnaire de Trévoux traduit le dernier mot par banque, *sauter sur la banque*, vu que les premières banques établies en Italie étaient situées sur les places et marchés, où les escamoteurs, les sauteurs, les bouffons, se donnaient rendez-vous pour tromper et amuser la foule.

Dans le même dictionnaire, on fait mention d'un fait que nous reproduisons et qui se passa lors du sacre de Louis XV. C'est un saltimbanque qui en joua le principal rôle :

Entre les divertissements que M. le duc d'Orléans donna au roi, à Villers-Coterets, en 1722, au retour du sacre, il y eut une foire dans laquelle, entre autres choses, était un théâtre pour un *saltimbanque*. Le 3 novembre, le roi, visitant cette foire, le *saltimbanque* et les autres marchands firent, suivant l'usage qui leur est ordinaire, tous leurs efforts pour attirer le roi dans leurs boutiques. Le roi, continuant à se promener dans la foire, s'arrêta devant le théâtre du *saltimbanque*, lequel, après avoir expliqué dans le langage ordinaire des gens de son métier les différentes propriétés des secrets qu'il avait, remit au roi une tablette magnifique, en assurant Sa Majesté qu'elle y trouverait la liste de tous ses secrets. Le *saltimbanque* distribua ensuite aux princes du sang et aux seigneurs qui étaient auprès du roi plusieurs bijoux, dont il annonçait les propriétés et l'usage, en conservant toujours la façon de parler des *saltimbanques*.

On voit ainsi que le mot *saltimbanque* est connu depuis longtemps.

Pour compléter cette citation, faite par l'auteur de la *Relation du sacre de Louis XV,* ajoutons qu'en montant sur le trône, Louis XV substitua, par mégarde, au code des lois, la tablette du saltimbanque oubliée dans sa poche.

Le saltimbanque est vêtu d'un maillot couleur chair et d'un caleçon bariolé de noir et de rouge ; ses pieds sont emprisonnés dans des brodequins en peau ; ses cheveux retenus par un bandeau d'étoffe, comme jadis ceux des prêtres chez les Romains ; ses yeux brillent ; ses gestes sont fréquents et expressifs ; sa voix assurée et forte. Sur ses tréteaux, le saltimbanque est un chef de clan : il commande et on obéit. Mais écoutons-le. Sa harangue est brève, sonore, et se résume en ces mots : « Montez, messieurs, montez ! Entrez tous ! Entrez ! Trente centimés les premières, vingt centimes les secondes. »

La foule pénètre et assiste à l'intéressant 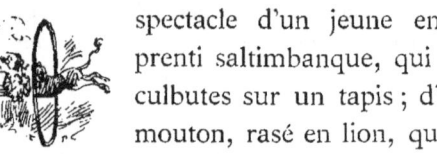 spectacle d'un jeune enfant apprenti saltimbanque, qui fait trois culbutes sur un tapis ; d'un chien mouton, rasé en lion, qui passe à travers des cerceaux, saute sur des chaises et fait le beau, enfin d'une jeune fille qui exécute le tour...

de la société, une sébile à la main, et voilà. A une autre représentation. Ce type du saltimbanque n'a rien de bien curieux. L'homme est commun, épais, sans intelli-  gence ; il reste ce qu'il est jusqu'à la fin de ses jours, ou jusqu'à ce qu'il vende sa maison roulante, sa baraque, ses toiles, ses trucs à un autre artiste, qui montrera les mêmes choses, répétera les mêmes paroles et sera aussi lourd que son prédécesseur.

A côté, nous sommes entraîné par une musique

 assourdissante. Trois trombones, une contrebasse, deux petites clari-nettes, un piston, une grosse caisse, un tambour et une cloche rivalisent de bruit et de vigueur. C'est à qui soufflera et jouera le plus fort. Mais chut! Un geste a fait taire les accords de ces forcenés. Cette fois, écoutons : Comme son confrère, ce saltimbanque est vêtu d'un mail-lot ; mais il se drape dans un immense péplum blanc — ou tout comme. Sa tête est coiffée d'un casque romain, et un sabre à poignée de pierre-ries est appendu à son côté : « Quoi, messieurs, vous vous étonnez de me voir ici : moi le créateur de merveilles extraordinaires, l'inventeur de l'*Eau cardéamérique*, qui possède mille propriétés bien-veillantes, et qui est en dépôt chez tous les grands coiffeurs de Paris ; moi qui ai voyagé dans toutes les contrées de l'Europe et dans mille autres lieux! (*Musique...*) C'est pour vous, oui, pour vous,

3

c'est par amour de divulguer la science que je suis venu ici, après avoir visité toutes les cours de l'Europe, et après avoir reçu de l'empereur de Russie un témoignage que vous pouvez consulter à votre gré. Entrez chez moi, vous connaissez mes prix, à la portée du riche et du pauvre. Je ne suis pas un exploiteur, comme beaucoup de mes confrères. C'est dix sous les premières et six sous les secondes. Entrez ! entrez ! entrez ! »

Je vous fais grâce du récit de ses voyages, de l'explication des vertus de son eau, qui guérit les cors, arrête les maux de dents et ferait pousser des cheveux à une perruque qui en serait dépourvue. Là-dessus, la musique de reprendre de plus belle, et le saltimbanque, d'un geste fier, rejetant sa toge loin de lui, saisit des anneaux en fer qu'il fait entrer les uns dans les autres et sortir de même, puis tire d'un sac en étoffe une

quantité d'œufs à faire rougir les poules les plus fécondes.— Ceci exécuté, à la grande stupéfaction des badauds, il fait rentrer les musiciens. Et la foule se précipite sur les marches de l'estrade. Arrivés en haut, les 10 centimes par personne sont perçus régulièrement, et vous pénétrez dans la salle. Des banquettes recouvertes de serge rouge pour les premières, des bancs pour les secondes, et, pour les troisièmes, la liberté de rester debout, quand le spectacle commence, aux sons d'une ouverture puissamment attaquée par les musiciens.

Ce spectacle se compose de quelques tours de 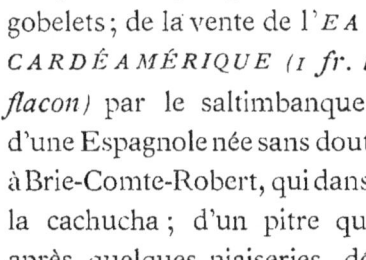 gobelets; de la vente de l'*EAU CARDÉAMÉRIQUE (1 fr. le flacon)* par le saltimbanque ; d'une Espagnole née sans doute à Brie-Comte-Robert, qui danse la cachucha ; d'un pitre qui, après quelques niaiseries, débite 300 calembours pour un sou; d'une femme sauvage qui paraît dans une cage de fer, entourée de quatre gendarmes le sabre au poing, et près de laquelle se tient un homme qui fait rougir des barres de fer sur un réchaud.

Cette sauvage, après avoir exécuté la danse de son pays, fait sa prière, pousse le cri de guerre du désert et dévore des morceaux de verre comme nous croquerions des noisettes. — C'est là, du reste, sa nourriture ordinaire. — Le truc employé est digne d'être raconté.

On présente à la sauvage un plateau rempli de tessons de bouteilles ; elle se précipite dessus, les prend à pleines mains, les met dans sa bouche et les brise entre ses dents, pour les avaler avec une voracité extraordinaire. Quel gosier !

Ce que le public ne voit pas, c'est que la soi-disant sauvage fait semblant de prendre les morceaux de verre dans l'assiette, tandis qu'en réalité elle ne prend rien. Le bruit entendu est produit dans les coulisses par un compère, qui frappe quelques fragments de verre les uns contre les autres, ou par quelques bonbons que la sauvage croque (ce qui imite parfaitement le bruit du verre que l'on briserait entre les dents). Cette scène produit un grand effet, et le public s'y laisse prendre.

La sauvage cause ensuite dans la *langue de son pays* avec quiconque veut lui répondre. Un loustic, un jour, entreprit avec elle une conversation :

— *Chi couic libi kerr ?*

— *Yes. Very good*, répondit le loustic.

— *Kara birscoic keres ser maderas ?*

— *Das ist ganz gut.*

Et le loustic de s'avancer sur le théâtre pour lui parler de plus près :

— *Sarah! Sarah! Mahien tier?*

— *Si, si parla l'italiano, sauvago buono.*

Cette conversation durait ainsi depuis deux minutes, et le public croyait que *c'était arrivé*, quand le loustic, faisant un faux pas, la grille s'ouvrit et il tomba, sans le vouloir, sur la femme sauvage, qui s'écria : « Oh ! monsieur, je vous en prie, ne me faites pas de mal. »

On juge de l'hilarité de la foule. Il fallut l'intervention de la police pour empêcher que la sauvage, le saltimbanque et tout le matériel ne fussent démolis.

C'est là une anecdote entre mille.

Regardons en passant ce nécromancien, vêtu d'une immense robe de physicien, constellée d'étoiles en papier argenté, coiffé d'un long bon-

net pointu ; il agite sa baguette au-dessus d'un jeu de cartes rangées sur la table et dit la bonne aventure. Moyennant cinq sous, vous apprenez votre destinée. 1, 2, 3, 4, une lettre ; 1, 2, 3, 4, en route ; 1, 2, 3, 4, la dame de cœur, une blonde ; 1, 2, 3, 4, la nuit ; 1,

2, 3, 4, un homme de loi ; 1, 2, 3, 4, l'as de pique ??? 1, 2, 3, 4, trèfle, de l'argent. Et ainsi de suite pendant cinq minutes. Que de petites dames se livrent à cet agréable passe-temps pour diriger leur conduite !

Remarquons à ce sujet que cet artiste forain obtient beaucoup de succès. Il n'a pas de frais, et encaisse d'assez bonnes recettes, tant est grand l'empressement des badauds à s'intéresser à tout ce qui est surnaturel, ou au moins à tout ce qui en a les apparences.

La somnambule est plus mystérieuse. On ne peut pénétrer dans sa voiture qu'un à la fois, jamais deux : sans cela, *le sujet n'est plus lucide.* Dans sa baraque, moyennant vos dix sous, vous

voyez une femme dont les yeux sont bandés, et qui, entre quelques petites attaques de nerfs fort bien combinées, vous débite un tas de bêtises que vous n'écoutez même pas, et vous vous empressez de descendre de l'antre de cette sibylle, qui ne fait pas grand honneur à son arrière-grand'mère : la sibylle de Cumes, dont les oracles se réalisaient aussi bien que ceux des prophètes !

La somnambule se contente, comme réclame, d'une large pancarte, représentant un homme magnétisant un sujet (?).

Voici, fidèlement reproduites, quelques enseignes que j'ai copiées sur les toiles peintes des somnambules qui courent les fêtes :

Mlle PRUDENCE

SOMNAMBULE DE PREMIÈRE CLASSE
Opère toujours de même
RÉUSSITE GARANTIE.

*
* *

Mlle JULIA, DE LYON

SOMNAMBULE EXPERT
Les fleurs peuvent vous conseiller
Quand nous savons les consulter.

*
* *

LA VÉRITÉ FAIT LE TOUR DU MONDE
Séance magnétique donnée par la
SOMNAMBULE ÉGYPTIENNE
Sur les Trois Temps de la vie
Le PASSÉ, Le PRÉSENT et L'AVENIR
Et sur n'importe quelle cause
L'ON SE REND A DOMICILE.

*
* *

SOMNAMBULE NOUVELLE
DE PARIS
Ne laisse rien a désiré ; savoire les chose qui vous ocupe.

*
* *

GRANDE SÉANCE SOMNAMBULISTE
CONSULTATIONS SUR TOUTES LES CAUSES
l'erreur succède la vérité. — Les ténèbres font place à la lumière.
La somnambule en est une preuve irrécusable.

*
* *

La nature nous a faits ainsi. — Nous sommes les seuls et uniques.
Vous tous qui consumez votre vie à chercher la vérité,
venez consulter

LA SOMNAMBULE ITALIENNE
ET VOUS SEREZ PLEINEMENT SATISFAITS

Outre les séances particulières, auxquelles on ne
peut assister qu'un à la fois, la somnambule, pour
attirer la foule, donne une séance publique, *gratis
pro deo*. Armée d'un long tube en fer-blanc, sorte
de porte-voix d'un mètre de long, elle s'adresse à
un des assistants, le regarde, le dévisage, semble
l'étudier, et, appliquant l'extrémité de l'instrument
à son oreille, lui crie sa destinée, à la grande joie
des badauds.

Il me souvient, un jour, d'avoir vu le spectateur à qui elle s'adressait — c'était un militaire — saisir l'extrémité du porte-voix et regarder dedans, comme si c'était une lorgnette magique dans laquelle il lirait l'avenir. La somnambule a tellement ri, que, de toute la journée, on n'a pu réussir à l'endormir, et force lui a été, *pour ce jour-là seulement*, de simuler le sommeil magnétique.

La somnambule tire également les cartes ; voici une adresse copiée textuellement sur un prospectus que l'on distribuait à la fête de Neuilly :

Mlle DUMESNIL

Donne très-bien l'explication des Cartes

ET DU MARC DE CAFÉ

Tous les jours de 3 à 7 h. — Le vendredi de 11 à 7 h.
En ville, en écrivant, de 9 h. à 2 h.

Rue Saint-Honoré, 209, au quatrième, la porte en face.

PORTRAIT DE LA BELLE VÉNITIENNE.

CHAPITRE III

A N S les fêtes populaires, ce qui brille par dessus tout , c'est l'innombrable quantité de femmes géantes, de sauvages dévorant du tabac, des poulets, des lapins et *mille autres mets aussi fins et aussi réconfortants,* de frères et sœurs Siamois, de grosses femmes, de belles Vénitiennes, etc.; et il n'est pas sans intérêt de voir que l'on *fabrique* toutes ces excentricités avec la même facilité que nous transformons un carré de papier en cocotte ou en petit bateau double.

Les saltimbanques disloquent leurs enfants, leur apprennent, en brisant leurs membres, à passer la jambe sur le cou, à entrer dans une boîte de 60 centimètres carrés et à faire mille autres petits exercices aussi élégants. En Chine, on comprime les pieds des jeunes Chinoises, sous le prétexte qu'il n'y a rien d'aussi beau qu'une femme qui peut chausser une coquille de noix. En Angleterre enfin, on déformait le visage de certains enfants dont les parents voulaient se débarrasser. Lisez, à ce sujet, l'*Homme qui rit*. Toutes ces difformités, occasionnées volontairement par des peuples ou des gens fous et barbares, ne peuvent trouver un remède. Quand on est disloqué, c'est pour la vie ; les pieds, lorsqu'ils sont brisés, ne grandissent plus ; les traits, lorsqu'ils sont déformés, ne reprennent jamais leurs lignes naturelles Le moral seul se corrige, se bonifie ; le physique, une fois dénaturé, reste ainsi jusqu'à la mort.

Tout ceci est connu, et ce serait à croire que pareils moyens sont employés pour la *fabrication* de ces monstres, de ces phénomènes que l'on exhibe, si nous ne connaissions pertinemment les artifices dont se servent les saltimbanques.

Quelquefois cependant certains de ces phénomènes sont NATURELS.

Témoin celui-ci :

Une femme du quartier de la Roquette a mis au monde un pho ue

Ce singulier phénomène a été constaté par le chirurgien en chef de la Maternité et par le commissaire de police du quartier.

La jeune femme était primipare et âgée de dix-neuf ans, bien conformée et d'un extérieur agréable.

L'enfant avait l'aspect d'un phoque et d'un énorme batracien. Il est venu à terme. La tête avait la forme de celle d'une grenouille ; les yeux et la bouche étaient sur le sommet du crâne, les yeux saillants en boule de loto.

Une couronne de cheveux se montrait à la place du cou.

Les mains avaient la forme de nageoires de poisson.

L'un des pieds avait quatre doigts palmés, l'autre sept doigts.

Le monstre a vécu près d'un quart d'heure.

M. le docteur Tarnier, chirurgien de l'hôpital de la Maternité, a procédé aux constatations, en présence du commissaire de police du quartier de la Roquette, et a emporté le phénomène, dont le sexe n'a pu être déterminé, afin d'en faire le sujet d'études spéciales.

L'éminent professeur regardait ce cas de *térato-*

logie comme l'un des plus curieux dont fassent mention nos annales médicales.

Verrons-nous un jour ce phénomène dans les foires, soigneusement conservé dans l'alcool?

Peut-être. En tout cas, personne ne pourra dire qu'il est en baudruche.

Le matin, dans les rues, vous rencontrez une femme qui, tout en étant assez grande, tout en

4

dépassant la taille moyenne, ne vous paraît cependant pas pour cela une géante.

Eh bien, quelques apprêts, une robe habilement drapée, des échasses d'environ vingt centimètres, terminées par un pied imitant la nature à la perfection et admirablement chaussé, une coiffure tant soit peu pyramidale, et voilà un phénomène naturel « vivant » qui rapportera quelques cents francs à l'exhibiteur.

La représentation se fait lorsque la loge est remplie de badauds.

Naturellement, la soi-disant géante raconte sa petite histoire.

Elle est née en Normandie, mesure deux mètres quarante-sept centimètres et a été visitée par les plus grands médecins de la capitale.

Après le petit boniment, elle présente un plateau aux assistants, libres qu'ils sont d'y déposer depuis un sou jusqu'à vingt francs, — c'est pour l'entretien de sa toilette.

La représentation se termine là.

On sort de la loge, discutant sur les charmes et la taille de la géante, et l'on recommande à ses *amis* et *connaissances* d'aller voir ce phénomène.

L'impresario qui exhibe cette *merveille natu-*
relle est généralement riche. Il s'habille convena-
blement, porte des bagues, des
chaînes et des épingles. Songez
que l'exhibition ne dure pas plus
de cinq minutes, et que, dans la
journée et la soirée, la loge se
remplit au moins cinquante fois.
A quinze centimes par personne,
en admettant qu'il en entre vingt-

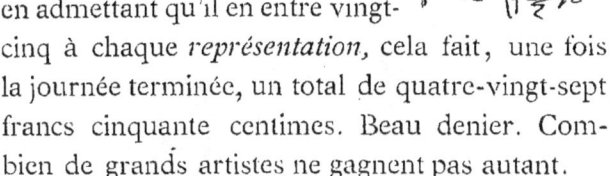

cinq à chaque *représentation,* cela fait, une fois
la journée terminée, un total de quatre-vingt-sept
francs cinquante centimes. Beau denier. Combien de grands artistes ne gagnent pas autant.

La géante est généralement la femme de l'impresario.

Heureux mortel, de posséder une femme remplie de si hautes qualités !

Dans ses moments perdus, la femme décroche
ses jambes, fait sa cuisine, soigne ses moutards,
balaye la loge, et, à un signal donné, redevenant
géante, offre une nouvelle série de représentations.

S'il y a des filles dans le ménage, elles seront
géantes, c'est une vocation de famille.

Et, s'il y a des garçons, ils montreront des géantes.

Quoi de plus noble que le fils qui continue le métier de son père ?

Mlle HANTHIAS, LA REINE DES GÉANTES.

L'une des plus belles géantes que j'ai vues est sans contredit Mlle Hanthias, la belle Arlésienne.

Je crois devoir reproduire la déclaration de
son honorable directeur, M. Klepkens de Grammont :

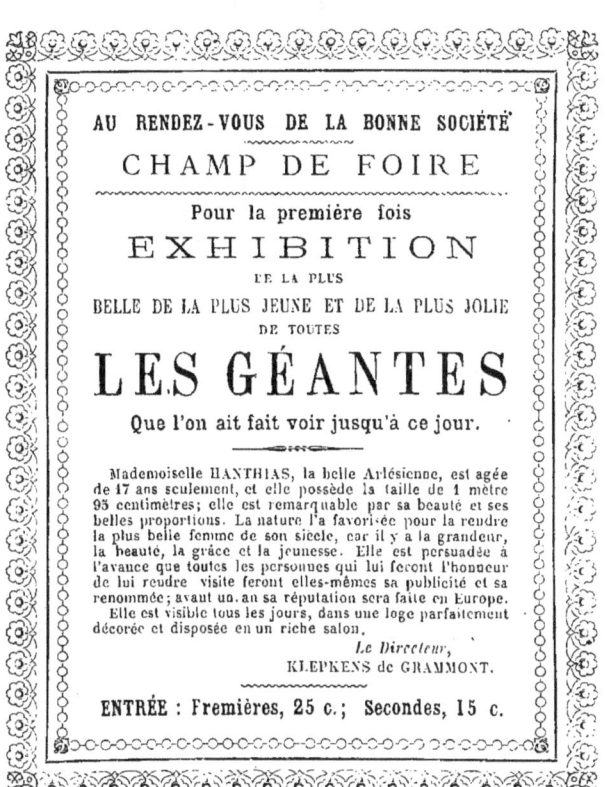

AU RENDEZ-VOUS DE LA BONNE SOCIÉTÉ

CHAMP DE FOIRE

Pour la première fois

EXHIBITION

DE LA PLUS

BELLE DE LA PLUS JEUNE ET DE LA PLUS JOLIE

DE TOUTES

LES GÉANTES

Que l'on ait fait voir jusqu'à ce jour.

Mademoiselle HANTHIAS, la belle Arlésienne, est agée
de 17 ans seulement, et elle possède la taille de 1 mètre
95 centimètres; elle est remarquable par sa beauté et ses
belles proportions. La nature l'a favorisée pour la rendre
la plus belle femme de son siècle, car il y a la grandeur,
la beauté, la grâce et la jeunesse. Elle est persuadée à
l'avance que toutes les personnes qui lui feront l'honneur
de lui rendre visite feront elles-mêmes sa publicité et sa
renommée; avant un an sa réputation sera faite en Europe.
Elle est visible tous les jours, dans une loge parfaitement
décorée et disposée en un riche salon.

Le Directeur,
KLEPKENS de GRAMMONT.

ENTRÉE : Fremières, 25 c.; Secondes, 15 c.

Par contre, à côté de la baraque de la géante, nous admirons une affiche représentant une naine âgée de quarante ans, et *bien conservée* pour son âge. Une enfant d'une dizaine d'années, la tête couverte d'une perruque déjà grisonnante, les traits forcés à l'aide du crayon, vêtue largement, est debout sur un tabouret. Sa voix naturellement enfantine frappe les badauds, mais c'est la *petitesse* de la *naine* qui cause *l'exiguité de sa parole*, dit le montreur. Et chacun d'y ajouter foi. Le plus souvent, la naine est princesse.

Voici, à ce sujet, le prospectus de la *Princesse Colibri* :

Pour la première fois dans cette ville.

EXHIBITION D'UNE CÉLÉBRITÉ LILLIPUTIENNE

L'ESPÈCE HUMAINE MICROSCOPIQUE

LA PRINCESSE

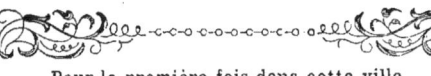

Le sieur BATEMANN a l'honneur d'exposer au public un personnage de la plus haute célébrité, LA PRINCESSE COLIBRI, titre qui lui a été donné par S. M. la Reine d'Angleterre et plusieurs Cours de l'Europe. — La Princesse *Colibri* est âgée de 39 ans; sa taille est de 80 centimètres et son poids de 14 kilogrammes.

Cette même personne a eu l'honneur de donner 380 représentations au Théâtre des Variétés.

La Princesse *Colibri* a eu l'honneur d'être présentée, *dans un pâté*, à S. M. le Roi des Belges. — Cette personne, si mignonne, parle plusieurs langues et est douée d'une beauté des plus rares.

P.-S. — S. M. la Reine d'Angleterre, voulant témoigner sa satisfaction à la Princesse *Colibri*, si intéressante, lui a fait cadeau d'un magnifique équipage, avec chevaux et harnachements analogues. Tous les jours, promenade en ville avec l'équipage de la Princesse *Colibri*.

PRIX des PLACES : Premières, 25 c. ; Secondes, 15 c.

Quelquefois, quand l'impresario est riche, il
joint à l'exhibition de la géante ou de la naine celle
d'une femme squelette, pauvre martyre que, dès
son enfance, on soumet à un traitement terrible,
dans le genre de celui des jockeys, et qui la rend
véritablement maigre comme un *coucou*.

Dans quelques-unes de ces loges, on voit égale-

ment une femme dont la tête s'appuye sur une
chaise et les pieds sur une autre. Dans cette posture, on lui place délicatement un pavé sur le
ventre, et deux solides gaillards, armés de
lourds (?) marteaux, se mettent à frapper sur le
moellon, comme le forgeron sur son enclume,
usqu'à ce que le pavé vole en éclats.

Comme position sociale, c'est charmant ! La femme peut avoir des cartes ainsi rédigées :

Madame DURATA

VISIBLE TOUS LES JOURS

De 3 heures à 4 heures, on lui cassera des cailloux sur le ventre.

SÉANCES PARTICULIÈRES POUR MM. LES AMATEURS

Inutile, n'est-ce pas, de vous dire que les marteaux sont en bois et que le pavé est fendu et recollé à l'avance ? Ajoutez que l'exercice continue même quand la femme est dans une position intéressante... Son fils, évidemment, sera un homme de pierre !

Le sauvage tatoué, vêtu de peaux de tigres, qui mange des lapins vivants, mérite aussi que nous visitions sa baraque.

Pour vos deux sous, si vous avez fait un bon dîner, cet industriel — *Caraïbe* le plus souvent — vous prouvera que c'est un luxe de faire rôtir votre viande, et que la nourriture d'un animal vivant est très-certainement plus saine... car il se porte à merveille.

Il est dans une cage, au fond de la baraque ; un grillage le sépare de la foule. Sans cette précaution, il ne resterait pas un assistant (?). Le grillage est placé au milieu d'une cloison en bois, garnie de fer. Le sauvage, là-dedans, se livre à toutes les excentricités possibles, criant, hurlant la faim. Par un guichet, on lui passe une poule vivante ou un lapin ; il plonge avidement les crocs dans la chair de l'animal, tout en exécutant de droite à gauche un mouvement d'aller et de venue fébrile, que le public prend pour la rage. Peu à peu, la bête finit par disparaître presque entièrement, et le tour est joué. Cet exercice, très-peu ragoûtant, intrigue au plus haut point. Adroit escamoteur, chaque fois qu'il a déchiré l'animal et qu'il en a réellement enlevé un lambeau, il va tranquillement le déposer à droite ou à gauche, derrière les planches qui cachent ce petit travail au public.

Le sauvage mange également du tabac et des bouts de cigares, avec un appétit à faire trembler un Gargantua. Voici comment il procède.

Le montreur s'adresse au public, demande du

tabac, des cigares, et les tend au sauvage ; celui-ci va pour les saisir, mais une passe d'escamotage les fait adroitement disparaître, et ils vont dans la poche de l'exhibiteur, pendant que le sauvage feint de les manger.

Un jour, à Saint-Germain, pendant la fête de la Saint-Louis, nous étions entré dans la loge du *Jeune Indien, capturé à la Nouvelle-Zélande, dans les montagnes de Caracas.*

Je m'aperçus immédiatement de cet escamotage, et prenant à part le montreur, je lui dis, avec le sérieux d'un homme qui donne un conseil :

— C'est assez bien, mais vous escamotez trop vite ; ne vous pressez donc pas.

— Je vois que vous êtes du métier, me répondit-il. Je vous en prie, *ne débinez pas le truc.* Avouez au moins que ce travail fait de l'effet ?

C'est à ce même sauvage qu'un monsieur offrait vingt francs s'il voulait bien dire : « *Mon petit vieux, tu es bien laid.* »

— *Ara horo ara nitalchahorora !* répondit-il, en roulant des yeux terribles.

Et le montreur de s'écrier :

— Il vous répond en indien : il a gagné les vingts francs.

Je vous assure que, de tous ceux qui ont assisté à cette petite scène, personne n'a regretté les vingt centimes qu'il fallait donner en sortant.

Ajoutons que dans le boniment fait à la porte, le montreur répète à plusieurs reprises :

— Oui, messieurs, il n'y a plus de sauvages ; il n'y a que des gens non civilisés.

Dans la baraque qui suit, on fait voir pour deux sous son semblable, —*que Dieu lui-même ne peut voir.* — Une fois entré, une immense toile est tirée, et chacun peut se contempler dans une énorme glace. On rit, et l'on recommande obligeamment à ses amis d'aller voir cette curiosité. Voilà un industriel qui spécule sur la bêtise des autres, et personne ne se fâche, car l'on s'est laissé attraper de bon cœur.

Dans une autre loge, on voit une baleine qui mesure cinq mètres de long. Elle est splendidement peinte sur une longue toile, et le montreur, un *Buffon* à la main, décrit l'animal avec autant de calme qu'un professeur qui fait son cours en Sorbonne.

Celui-ci fait voir (ce qui est incroyable), l'hiver en plein été. On entre, et chacun d'admirer un splendide **I** vert, peint sur le mur. Comme on est au mois de juillet, ajoute le propriétaire de cette merveille, c'est un I vert en plein été.

Audaces fortuna juvat...

Celui-là fait voir, moyennant vingt centimes, les deux sœurs Siamoises qui ont vécu (?). Les deux sœurs sont en cire modelée. La petite annonce de rigueur et le tour est joué.

Quelquefois, on exhibe un double fœtus d'enfants conservés dans l'alcool et liés ensemble par une membrane.

Je demandais une fois au montreur où il s'était procuré cette monstruosité.

— Ce sont mes sœurs , monsieur, me répondit-il, et c'est mon père qui fait l'annonce à la porte !

Cette réponse se passe de commentaires.

D'autres enfin exhibent de superbes femmes. Qui n'a vu dans toutes les fêtes une belle Vénitienne ou une belle Grecque, « née native à Venise ou en Grèce » ? Ces femmes sont fortes, grandes, très-épaisses, habillées de vêtements voyants, bien chaussées, assises sur des coussins qui les grandissent.

On est prié de ne pas toucher, indique un écriteau. Parbleu, je le crois bien !

Dernièrement, à la fête de Neuilly, je causais avec la belle Vénitienne, qui me racontait son histoire. Elle était marchande de marée à la halle, tout comme feu madame Angot, et était renommée pour sa beauté, — et elle est vraiment belle,—pour sa dimension et ses charmes. Un jour, un de ces industriels fit sa connaissance, l'épousa et la *prépara* à paraître en public.

— Mais, ajouta-t-elle, à quoi me sert d'être belle et de recevoir tant de visiteurs ? mon mari me bat comme plâtre !

— Eh ! lui dis-je, il me semble que vous êtes de taille à lui rendre ses horions ?

— Oh ! non, reprit-elle, il ne me montrerait plus !

Où la coquetterie va-t-elle se nicher !

Dans ces loges, la musique est piètrement représentée. Quand ce n'est pas un orgue de barbarie qui exécute l'air des *Pompiers,* le Miserere du *Trovatore* ou la Valse du *Prophète,* ce sont deux Italiens qui attirent le monde (?) avec leur violon ou leur harpe.

Ces saltimbanques attachent du reste peu d'importance à la réclame musicale. Leurs affiches, leurs toiles peintes suffisent ; joignant à cela les boniments les plus insensés, ils savent amasser le public et récolter de bonnes recettes. D'autant plus que ces *artistes* élèvent une simple baraque en planches ou une tente en toile, et n'ont pas de tréteaux pour faire la parade ; baraque ou tente qui se transmet de génération en génération, et qui servira à leurs fils ou à leurs filles. L'un d'eux, à ce sujet, me disait :

— On naît saltimbanque comme on naît prince ; la profession se transmet héréditairement comme un titre de noblesse.

LE QUADRILLE DES DINDONS.

CHAPITRE IV

Les pigeons dorés. — Une baleine vivante — Un pied de nez
à des savants. — Le quadrille des Dindons. — Origine de
cette danse.

'ÉTAIT à la fête de Bou-
logne.

Un industriel avait élevé
une immense baraque, dé-
corée de vastes toiles peintes,
comme c'est d'usage. Sa
femme était au contrôle ;
deux domestiques nègres dis-
tribuaient des programmes,
et l'industriel lui-même, sur les marches de la
loge, appelait les curieux d'une voix de Stentor ; il

les engageait à venir admirer plusieurs merveilles *extraordinaires, insensées, étourdissantes, inouïes,* merveilles que l'on n'avait jamais vues depuis que le monde est monde, et qui surpassaient tout ce que ses confrères pouvaient montrer dans leurs *salons.* Le prix d'entrée n'était que d'un franc par personne, et quiconque ne serait pas satisfait en sortant serait immédiatement remboursé.

Nous pénétrâmes à la suite des curieux.

L'intérieur de la loge était tendu de rouge. Sur des gradins, on contemplait des oiseaux rares empaillés, des monstres-phénomènes conservés dans l'alcool, des armes gauloises, la première pipe fabriquée en Orient, un phoque qui, de son vivant, avait parlé comme vous et moi (pardon... pour vous), etc., etc.

C'était, en un mot, une sorte de musée assez curieux.

Dans le milieu de la salle, à la place d'honneur, une cage en osier, enrubanée, placée sur un socle de velours rouge, attirait les yeux ; cette cage renfermait deux pigeons dorés et portait une inscription, qui se détachait en gros caractères sur l'écriteau doré.

Cette inscription était ainsi rédigée :

PIGEONS D'OR

DES ILES ARGENTINES.

Prière de ne pas toucher.

C'étaient, en effet, deux pigeons, bien dodus,  ressemblant, quant à la forme, à nos pigeons de France, mais complétement dorés.

Le public, émerveillé, s'arrêtait devant ces deux oiseaux, et chacun s'extasiait sur leur beauté et leur rareté.

La loge se vida; un Anglais resta un des derniers, et, s'adressant au montreur, loua outre mesure sa paire de pigeons, et lui en offrit immédiatement 2,000 francs.

— 2,000 francs, milord? y pensez-vous? mais ils me coûtent trois fois autant.

— Yes; alors je donnai à vô 5,000 francs.

— Non; pour 5, pour 10, pour 15, je ne les céderai pas!

— Aoh! Ce était stioupide!

Et, là-dessus, l'Anglais s'en alla furieux. Le lendemain, nouvelle visite de l'amateur des pigeons dorés.

— Aoh ! je avais réfléchi : voulez-vous 10,000 francs pour ces deux pigeonnes ?

— Non, milord !

— Aoh! ce était alors ma dernière mot ; je offrais à vô 16,000 francs.

L'offre était tentante, et le montreur, voyant bien que l'Anglais n'irait pas plus loin, lui dit :

— 16,000 francs, soit ; mais j'y perds. Et, du reste, regardez bien mes pigeons, ajouta-t-il en souriant, ils sont peints.

— Ils sont peints, ils sont peints ! Aoh ! ce était délicieuse ; ce garçonne-là était pleine d'esprit.

Ceci avait été dit devant cinq ou six témoins. Le marché conclu, l'Anglais tira son portefeuille, en sortit des banknotes pour 16,000 francs, prit le reçu, décrocha lui-même la cage avec précaution, mit l'étiquette dans sa poche et s'en alla fier comme Artaban, riant à gorge déployée et répétant .

— Cette Française, il avait un esprit !... Ce était drôle de dire à môa que les pigeonnes ils étaient peints.

Un an après, à la même fête, un étranger entra
furieux pendant une re-
présentation ; ce n'était
autre que notre Anglais.
Il saisit le montreur par
le collet et s'apprêtait à
le boxer, sans l'intervention de quelques voisins.

« Ce était une indignité ;
vous avez trompé môa,
mes pigeonnes ils avaient
déteint. Yes, ils étaient
peints : vous allez me
rendre mes 16,000 francs.

— Mais, milord, je vous avais prévenu, j'ai
agi de bonne foi. Je vous ai répété trois fois, et devant témoins, que ces deux oiseaux étaient dorés
par moi. Vous avez ri, vous n'avez pas voulu me
croire ; vous y teniez, et vous m'avez donné
16,000 francs. Quel est le coupable ?

La foule prit fait et cause pour le montreur, et
l'Anglais, furieux, retourna avec ses pigeons à
Birmingham, où il trouva un oiseleur qui les lui
acheta 18,000 francs.

Depuis, les deux malheureuses bêtes ont changé

plusieurs fois de maîtres, et elles sont en ce moment en la possession d'un Barnum, qui les a
redorées et qui en tire de beaux profits.

A la tête de ce capital, le possesseur du musée

dont je viens de parler ne
s'arrêta pas là ; il voulut
agrandir le champ de ses
opérations, et fit cons-
truire un immense réser-
voir de métal, mesurant 15 mètres de long et
d'une profondeur de 2 mètres. Il montrait une

baleine vivante (?) *chose qui ne s'était jamais vue.*

L'eau était trouble, on ne pouvait voir au fond, et l'on restait cinq ou dix minutes à attendre le bon plaisir de dame baleine.

Enfin elle se montrait, frappant l'eau de sa queue et ouvrant une immense gueule ; puis elle replongeait et la représentation était finie.

Chaque jour la loge était pleine : et les savants du musée de la ville ne dédaignaient pas de se mêler à la foule pour admirer ce monstre.

Chacun discutait, causait de la baleine ; les uns racontaient ses mœurs, les autres parlaient de sa structure ; c'était un sujet fort intéressant.

Chaque fois que le montreur faisait son petit boniment, je voyais sur ses lèvres un sourire moqueur. Evidemment, il y avait là une supercherie. D'abord, l'eau était de l'eau douce, puis on n'apercevait jamais le moindre poisson pour défrayer le robuste appétit du monstre marin.

Enfin, je finis par découvrir l'énigme.

La baleine était tout simplement en caoutchouc, mais admirablement faite. Un ressort tiré par une corde lui faisait ouvrir la bouche, tandis qu'une autre ficelle imprimait à sa queue les mouvements. Deux bâtons la faisaient apparaître à la surface de l'eau.

Et les savants de discuter !...

Cela me rappelle cette découverte d'une pierre
sur laquelle on lisait des hiéroglyphes. Tous les
savants du département vinrent, armés de loupes,
pour pénétrer le sens de ces énigmes. Enfin, après
deux mois de recherches, ils finirent par déchiffrer
ceci :

Retournez-moi, et soyez étonnés.

Immédiatement, piques, crocs furent mis en
jeu ; la pierre fut retournée, et l'on vit, parfaite-

ment dessiné, un singe faisant un pied de nez ; au-dessous, cette inscription :

O savants, que vous êtes bêtes!

Depuis cette aventure, allez dire à ces savants que l'on vient de découvrir des inscriptions sur des pierres, et vous verrez ce qu'ils vous répondront.

Il n'y a rien qui n'ait été imaginé pour amuser le public et vivre aux dépens de sa curiosité et de sa bourse.

L'idée de faire danser des dindons est une de celles qui m'ont le plus diverti.

Comme intermède, on lit sur l'affiche d'un saltimbanque, à côté des exercices de Mlle une telle, ou des tours de force de M. un tel :

GRAND QUADRILLE ÉTOURDISSANT

Exécuté par quatre Dindons vivants.

VENEZ! ADMIREZ! ET RIEZ!

Le problème est résolu. — L'esprit humain n'a plus de bornes,

LES DINDONS DANSENT.

En effet, pendant un entr'acte, on monte sur la scène un théâtre d'environ deux mètres carrés, dans le genre de celui de Guignol. Ce théâtre est entouré d'un grillage.

Les quatre personnages sont introduits. Ils entrent dans la salle du bal, graves comme des magistrats, et la musique se met à jouer. Aux accents de l'orchestre ou de l'orgue de Barbarie, ces volatiles se décident, lèvent leurs pattes en mesure, d'abord lentement, puis un peu plus vite, et enfin, à mesure que l'orchestre joue avec plus d'entrain, ils se livrent à une sarabande échevelée en poussant des petits cris plaintifs.

Le public rit à se tordre. Chacun trouve une ressemblance.

— Tiens, regarde donc, il ressemble à notre adjoint.

— Et celui-là, c'est le portrait de notre juge de paix.

Ce ne sont que rires et cris de joie dans la salle.

Pauvres dindons, vous avez diverti la foule, et l'on peut dire que l'on s'en est donné à vos dépens.

Allez, rentrez dans vos appartements. Que votre maître frotte vos pattes avec de l'huile.

Ah ! si vous pouviez parler, comme vous diriez au public :

— On vous trompe. Nous ne dansons pas volontairement. C'est la chaleur de la plaque sur laquelle nous sommes posés qui nous force à lever les pattes.

Si vous disiez cela, ce ne serait plus vous, mais votre maître qui deviendrait le dindon de la farce...

Allez, chers dindons, consolez-vous ; j'ai connu un marchand de bonnets de coton qui est devenu philosophe en récoltant des millions. Il prétendait qu'il existe un purgatoire et un paradis pour les bêtes. Vous serez sûrs de le retrouver... non, de vous retrouver dans le paradis des bêtes.

La danse des volatiles est connue depuis long-temps. — Les Romains faisaient danser des grues par le même procédé. Caylus, dans ses *Étrennes de la Saint-Jean,* prétend que ce jeu a été inventé par un amoureux, qui, le premier, en donna le divertissement à sa belle. Enfin Rabelais, dans *Pantagruel,* dit : « Et les faisoit danser comme » jau (coq) sur brèze. »

LA FEMME A BARBE.

(D'après nature.)

CHAPITRE V

La femme à barbe. — Mort tragique de Jacqueline Doubhn. —
La belle Scapillonnée. — Adélaïde la Tigrée. — Une fausse
Adélaïde. — L'homme à la grande barbe.

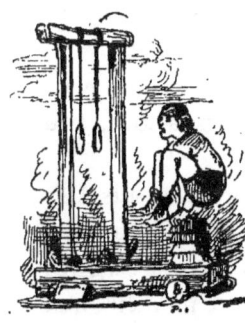 E métier de *femme à barbe*
est fort lucratif, et j'en con-
nais une qui possède, depuis
cinq ans qu'elle se montre
en public, de fort jolis re-
venus. Dans quelques an-
nées, elle se retirera, se
rasera, achètera aux bords
de la Seine une petite maisonnette, pêchera
tranquillement à la ligne, et vivra dans le
calme jusqu'à ce que la mort vienne l'enlever.

6

C'est si doux, une femme à barbe !

Les femmes à barbe sont rares. C'est qu'il n'est pas donné à toute femme de naître avec ce signe masculin, et l'on a beau faire, l'on a beau employer les pommades qui font pousser la barbe, lorsque la nature ne l'a pas voulu, le menton reste glabre comme avant.

Qui de vous ne s'est arrêté, dans les fêtes populaires, devant cette baraque sur laquelle une toile peinte représente une grosse et grande femme revêtue du costume alsacien et pourvue d'une barbe magnifique qu'un sapeur ne désavouerait pas ? C'est qu'elle est réellement grosse et grande cette femme. Pénétrons dans sa loge. A notre arrivée, Catherine se lève (Catherine, c'est son nom), promène sur les curieux un regard tranquille ; si vous causez, elle attend que vous ayez terminé votre conversation, et, s'adressant alors à tous, vous tient ce petit discours :

« Tenez, mestames, messieurs, che suis Alsacienne, das hoert man, née native à Strasburg ; mon père il était Alzacien, ma mère il est Alzacienne : mon betite taille il mezure un mètre quarante-sept centimètres ; chai obté pur le nazionalité franzaise ; vus puvez tucher ma betite mollet et regarder ma pied comme il être betite pur mon grandeur. (*Vous tendant un plateau.*) Ceci, mestames, messieurs, c'est mes betits pénéfices, et si vus êtes gontentes, envoyez-moi vos amis et connaissances. Che vus salue, mestames ; che vus salue, messieurs. »

Il y a bien eu des contrefaçons. Quelques femmes ont cru qu'en s'accrochant une barbe, elles auraient autant de *clients* que si la nature les avait réellement douées de ce signe de virilité. Mais on les a facilement reconnues, et force leur a été de chercher une autre industrie plus lucrative.

Ne croyez pas que les femmes à barbe soient inaccessibles aux passions humaines. Non ! pas plus que les sapeurs, elles ne résistent à la flamme de messire Cupidon. Plus d'une a soupiré, et dernièrement encore l'une d'elles est morte d'une façon fort tragique.

Jacqueline Doublin faisait depuis longtemps les délices des fêtes publiques. Un soir, voulant se reposer, elle alla au Châtelet, vit un acteur et en devint éperdûment amoureuse. Elle n'hésita pas, revêtit un costume d'homme, et laissant là ses représentations, alla chaque soir applaudir et contempler celui qu'elle aimait. Toujours à la même

place, elle ne perdait pas de vue une seconde celui
qui avait enchaîné son cœur, et les voisins eux-
mêmes ne regardaient pas sans étonnement cet
étrange voisin. Un jour, Jacqueline vint au théâtre rasée, revêtue des habits de son sexe ; reconnue
de suite, elle servit de risée à tout le théâtre... puis
elle rentra chez elle, tomba malade, et dernièrement elle s'est éteinte, consumée par l'amour

qu'elle portait dans le cœur, laissant une lettre à
l'adresse du commissaire de police de Levallois,
où elle habitait, et dans laquelle elle détaillait ses
souffrances et donnait, comme raison de sa mort,
la passion malheureuse que lui avait inspirée l'artiste du Châtelet.

C'est tout de même triste d'être femme à barbe, et de mourir d'amour comme une femme qui n'en aurait pas... de barbe.

A quelques pas de la baraque de la femme à barbe, on admire souvent une femme dont les cheveux se tiennent droits et raides sur sa tête, comme le plumet d'un grenadier sur son bonnet à poils.

Cette femme est créole, fort jolie du reste, ce

qui ne nuit pas à la chose, et semble fort aimable ;
elle est revêtue de riches habits. C'est

LA BELLE SCAPILLONNÉE,

qui fait l'admiration de tous, et qui a refusé la
main d'un prince, amoureux
de sa chevelure, qui la demandait pour l'épouser.

. Ses cheveux sont droits, frisés, pour ne pas dire
crépus, et forment sur sa tête un demi-cercle d'une
hauteur d'environ vingt-cinq centimètres. Comme
cela doit la gêner pour dormir !

Cette belle scapillonnée a de nombreuses con-
currentes ; mais ces dernières ont recours à l'artifice pour arriver à se faire une semblable coiffure :
des peignes habilement placés retiennent leurs
cheveux, que l'on a bien soin de friser.

La belle scapillonnée est gracieuse, elle a la voix
douce, paraît timide, et vous racontera que si elle
était riche, elle ne serait pas forcée, *à sa honte*, de
s'exhiber ainsi en public pour trois sous. Elle ne
désire qu'une chose : c'est de trouver un mari
qu'elle aime (?); alors, elle consentirait à couper ses
cheveux.

Espérons qu'un de ces jours nous verrons dans les journaux une petite annonce ainsi faite :

UNE JEUNE ET JOLIE FEMME

Qui a fait les délices des fêtes publiques, demande un mari, qui ait pour elle de la tendresse.

En échange, elle sera capable d'un grand sacrifice.

S'adresser au journal.

Ce ne sera pas un mariage tiré par les cheveux.

La belle scapillonnée se montrait, il y a quelque temps, en compagnie de sa sœur *Thérésa,* jeune colosse, âgée de vingt ans.

Voici un extrait de leur prospectus :

Mlle THÉRESA est accompagnée de sa jeune sœur qui est également une curiosité hors ligne ; elle possède une chevelure mesurant 1 mètre 20 centimètres de circonférence, toute scapillonnée, d'une beauté rare et des proportions admirables.

La jeune SCAPILLONNÉE est âgée de 18 ans ; c'est la seule que l'on ait vue jusqu'à ce jour.

Ces demoiselles sont accompagnées du plus petit homme du monde.

Une femme qui a fait parler d'elle, et que

connaissent tous ceux qui ont fréquenté les fêtes
publiques, c'est *Adélaïde la Tigrée.* Née à
Amiens, cette femme, d'une rare beauté, a le
corps moucheté comme la peau d'un tigre; c'est,
dit le montreur, une peur de tigre que sa mère a
eue étant dans une situation avancée.

Adélaïde la Tigrée est riche maintenant. Dans
sa loge, on payait deux francs et un franc; et
chaque jour de nombreux admirateurs venaient
lui porter le tribut de leurs éloges. La figure blanche comme du lait, Adélaïde, à partir du cou, avait
la peau entièrement tigrée; les mains étaient
blanches; c'est un phénomène vraiment curieux.

Pendant un moment, fatiguée de courir les
fêtes, Adélaïde s'était retirée de la circulation,
lorsqu'elle apprit qu'une autre femme se montrait
sous son nom. Cette femme, née également à
Amiens, se nommait Bernardine, et avait quelque
ressemblance avec Adélaïde; elle n'avait pas
craint de se faire passer pour la *Belle Tigrée.*
Adélaïde n'hésita pas un moment, et, un certain
jour, en pleine représentation, elle entra dans la
loge de Bernardine avec un commissaire de police.
La fausse tigrée protesta vivement, mais — ceci
est historique — on se mit à la frotter avec une

brosse en chiendent et du savon noir; inutile d'ajouter que les taches partirent : elle s'était fait teindre. Un procès s'ensuivit et Adélaïde le gagna.

Le plus curieux, c'est l'acte de naissance que Bernardine s'était fabriqué elle-même, et qu'elle montrait à tous ses visiteurs. En tête on lisait :

NÉE DE PER ET MER NON MARIÉ

Et plus bas :

FIL DE PER ET MER INCONNU.

Maintenant, Bernardine, m'a-t-on assuré, est écuyère dans un cirque. Quant à Adélaïde, elle vient d'être engagée par un Barnum quelconque, à raison de quarante francs par jour, en compagnie de *l'Homme-Éléphant*, dont je parlerai dans un prochain chapitre.

Puisque nous en sommes sur les cheveux, n'oublions pas l'homme à la grande barbe, dont vous avez tous vu le portrait sur les murs, du côté du boulevard des Batignolles. D'une taille moyenne, il possède une barbe qui lui descend jusqu'aux genoux. Si vous allez le voir, il vous racontera sa petite histoire :

« A dix ans, monsieur, ma peau était blanche

et rose comme celle d'une jeune fille, et j'étais le garçon le plus tranquille du monde. Un jour, un chien enragé se précipita sur moi ; j'eus une telle peur, qu'immédiatement mon visage se couvrit de barbe ; le chien fut tué, et ma barbe poussa,

poussa, poussa tellement, que je suis obligé, monsieur, de la couper pour ne pas marcher dessus. Depuis, j'ai voyagé dans toute l'Europe, provoquant partout l'admiration ; les plus grands médecins ont étudié avec soin ce cas unique en son genre, et notamment en Russie, où l'on voit les plus belles barbes. L'empereur m'a fait appeler et

voulait me nommer colonel de tous ses sapeurs ;
mais j'ai refusé, voulant continuer mes voyages
et montrer à tous ce phénomène magnifique dont
la nature m'a si puissamment doué. Depuis, j'ai
visité les Indes, l'Angleterre, l'Espagne, la Hon-
grie et tous les pays déserts ; j'ai été dans toutes
les cours, et je suis enfin revenu ici, parmi vous,
afin que vous puissiez dire : J'ai vu l'homme à
barbe monstre. Tenez, je suis riche ; de mes
voyages, j'ai rapporté des tonnes d'or et de diamants, et si je vous demande une légère rétribution de vingt centimes par personne, c'est unique-
ment pour l'entretien de ma barbe, un des
premiers coiffeurs de Paris étant attaché à mon
service. Allons, messieurs, du courage, à la
poche ! du courage, à la poche !... »

Cet homme à grande barbe encaisse d'assez
bonnes recettes ; mais, en dépit de ses tonnes
d'or, il est toujours dans la misère ; c'est que le
cabaret est proche et que la dive bouteille renferme pour lui des charmes irrésistibles.

Dans ces baraques, la musique joue un rôle
médiocre. Un violon et une harpe font à eux seuls
les frais du concert ; quelquefois, un cornet à
pistons et une grosse caisse se joignent à ces deux

instruments. Du reste, les affiches suffisent comme
réclame, et les bénéfices souffriraient si l'on devait
payer des musiciens pour faire la parade.

LA JOLIE BERGERE DES ALPES.

CHAPITRE VI

 ARMI les belles loges de
la fête d'Amiens, on remar-
quait celle des *Animaux féroces*. De grandes peintures
représentant l'une tous les
animaux de la création, l'autre *la Belle Irlandaise* en
costume sauvage, pénétrant
dans la cage de fer où sont
enfermés le féroce chacal et
le lion du désert, étaient

appendues à la baraque. Un homme d'une
quarantaine d'années, grand, fort, en costume
de dompteur, faisait à la porte la description des
curiosités qu'il possédait.

« — Entrez, messieurs, entrez ! Vous verrez
dans l'intérieur le fameux chacal de la Terre-de-
Feu, le même qui pénètre le soir dans les cimetiè-
res, déterre les morts et en fait sa nourriture ordinaire ; c'est le seul qui voyage en France, et c'est
l'un des plus beaux qu'on ait jamais vus. Ce
chacal sauvage a été dompté par ma fille, qui l'a
rencontré dans les déserts, et depuis ils sont restés
amis. Elle seule peut pénétrer dans sa cage sans
crainte, sans danger.

» Entrez ! vous verrez aussi le fameux lion de
Numidie. Cet animal, messieurs, l'un des plus
beaux de la nature, est doué d'une force prodigieuse ; c'est le même qui a dévoré M. Batty. *(Il*

salue.) Nous avons aussi un lynx, animal qui est
doué d'une vue extraordinaire ; il voit à une lieue.
Allons, messieurs, on monte ! on monte ! Venez
assister au grand combat du jeune lion du Sahara
contre l'ours néerlandais. Je rappelle aux amateurs que le prix d'entrée est de cinquante centimes, et que tous les soirs, à huit heures, la
belle Irlandaise entre dans la cage et donne la nourriture aux animaux féroces.

» On monte, on monte, on monte !... »

A la suite des curieux, nous pénétrons dans
l'intérieur de la loge, après avoir versé à la caisse

7

nos cinquante centimes. Ce qui nous frappe tout
d'abord, ou plutôt ce qui nous renverse, c'est
l'odeur nauséabonde que dégagent les quelques
animaux religieusement enfermés dans leurs
cages.

Le dompteur arrive enfin, et le spectacle commence.

Le fameux chacal de la Terre-de-Feu, qui
déterre les morts, est tout simplement un chacal
empaillé (?), — mais il déterre les morts.

Un pauvre lion maigre et osseux est couché à
l'intérieur d'une cage de fer, quand la belle Irlandaise, en costume de sauvage, apparaît, ouvre la
porte et se couche sur l'animal, qui se garde bien
de bouger.

Enfin commence le grand combat du jeune lion
du Sahara contre l'ours néerlandais.

Le lion relève la tête, ouvre la gueule et se jette
sur l'ours. De son côté, l'ours saisit le lion, et,
pendant cinq minutes, les deux bêtes se roulent
sur le sable de l'arène et font leur petite partie
comme de jeunes chiens.

Puis le dompteur s'écrie :

« Pitié, pitié, messieurs, et un petit bravo pour
les animaux féroces ! »

Il saisit alors le lion par une oreille et l'ours par
le cou, les réintègre chacun
dans sa niche et les enferme
tranquillement.

Les ours et le lion sont en-
fumés ; c'est-à-dire qu'avant la
représentation on les a soumis
à un petit traitement qui consiste à leur faire respirer de

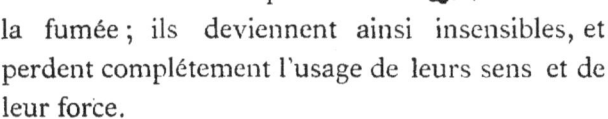

la fumée ; ils deviennent ainsi insensibles, et
perdent complétement l'usage de leurs sens et de
leur force.

Les autres cages renferment quelques animaux,
— aussi sauvages : — une hyène, qui m'a fait l'effet
d'un simple chat-tigre ; un lynx, qui ressemble

passablement à un gros rat
d'égout. Les explications sur la
nature de ces divers animaux
sauvages (?) sont données par une
petite fille de sept ans, qui oublie
toujours que les animaux sont
féroces, et, malgré la défense de
son père, passe toujours les

mains à travers les barreaux de la cage en
montrant les bêtes.

Le lendemain de la représentation, la ménagerie s'en va sous un autre ciel, et les sauvages sujets suivent tranquillement la voiture du dompteur, dirigés par la petite fille, qui les tient en laisse comme une meute de chiens.

Pour du féroce, voilà du féroce, ou je ne m'y connais pas !

Un industriel, nommé Cyprien, s'est avisé un beau jour d'exploiter la curiosité publique en montrant Mandrin, le fameux brigand. Il est possesseur d'une baraque en toile et voyage dans toute la France. Le prix d'entrée est fixé à quinze centimes, et dix centimes pour les militaires non gradés.

Une vieille momie est couchée dans l'intérieur d'une non moins vieille bière, toute vermoulue.

C'est Mandrin !

Cyprien a eu l'idée de s'entourer de documents authentiques, et il montre des pièces encadrées, proposant cent francs à celui qui lui prouvera que ces attestations sont fausses. C'est d'abord l'acte de naissance de Mandrin.

En l'an 1725, est né de J. Mandrin, à Roman, dans le Dauphiné, un fils du sexe masculin. Tout y est : les noms des témoins, la profession du père, qui était maréchal ferrant, les signatures des autorités !

Puis des lettres de Mandrin, dans lesquelles il raconte quelques-unes de ses aventures, et enfin l'acte d'accusation et la sentence de mort signée des juges ! C'est complet.

Qui maintenant oserait douter que ce n'est pas réellement le corps de Mandrin ?

Après avoir fait visiter ces documents précieux (?), le possesseur de cette rare curiosité raconte la vie du brigand.

« Voici Mandrin, messieurs, tel qu'il est.

» Il était plein d'astuce, et reçut le jour, comme vous l'avez vu, dans le Dauphiné. Son père était maréchal ferrant, et il est mort d'avoir eu un fils si gredin. Mandrin fut soldat, mais son mauvais instinct le poussa à déserter ; et, un jour, il s'enfuit dans les montagnes : il commença par faire de la contrebande et recruta des brigands dont il se fit le chef. A la tête de cette bande, il dévalisa les caisses des fermiers des impôts et attaqua Autun. Mandrin fut pris par les gendarmes, mais il s'échappa de prison par une cheminée. C'est une femme qui l'a trahi, en 1755, au château de Rochefort, en Savoie, et on le roua vif à Valence, après un jugement du Parlement. La vie de ce grand homme a été tour à tour honteuse et charitable. C'est ainsi qu'il vola une dliigence et remit l'argent aux pauvres de la ville de Beaune. Mandrin, messieurs, est une des grandes figures de l'histoire ; et si vous avez des amis et connaissances, envoyez-les-moi, ils seront les bien venus. »

Ajoutons que Cyprien a acheté sa momie et les papiers dans une foire à un de ses confrères.

La police s'est émue, a saisi la momie pour en rechercher la provenance. Cyprien a même failli être arrêté.

C'est une ordonnance du gouverneur de Paris qui l'a fait rendre à son propriétaire.

Le même Cyprien montre dans les fêtes une vache qui possède un pied sur le dos ; et, à ce sujet, nous rappellerons le procès qui a eu lieu il y a quelques années au sujet de cet animal, un journal de Paris ayant prétendu que c'était une *heureuse idée* du montreur d'avoir fabriqué un pied à une vache.

Les extrêmes se touchent, et, après Mandrin, allons voir le tombeau de Napoléon Ier; le tombeau authentique! L'entrée est fixée à vingt-cinq centimes.

Un marin a sculpté un petit tombeau d'environ cinquante centimètres de long, ressemblant jusqu'aux moindres détails à celui où sont enfermés les restes du grand homme.

Et voilà!

Avis au musée de M. Tusseau.

Cela rappelle l'idée du marchand de vin de l'esplanade des Invalides qui avait, comme enseigne, un tableau représentant Napoléon Ier à Sainte-Hélène, dans son cercueil. Au-dessous, on lisait :

Au tombeau du grand homme.

La police lui ayant ordonné d'enlever cette phrase, il la remplaça par celle-ci :

Bière de Mars.

Puisque nous sommes sur les tombeaux, nous n'en saurions trop prendre, et ce serait un oubli sérieux que de ne pas citer *la Martyre des Buttes-Chaumont.*

C'est une jeune femme en cire fort bien modelée,

qui a reçu plusieurs coups de feu et qui en est morte. Le montreur raconte sa vie et sa fin tragique, enlève le voile qui lui cache le corps, démontant pièce par pièce l'intérieur du bassin, montre un fœtus de deux mois et explique les diverses lésions et les *dégâts* occasionnés par les balles des communards.

C'est peu ragoûtant à voir. Les enfants au-dessous de quinze ans ne sont pas admis...

En voilà assez avec les morts, revenons aux vivants.

C'est maintenant le tour de *la Jolie Bergère des Alpes*, qui se montre avec ses moutons. Et elle est réellement jolie, jeune, brune, d'un embonpoint extraordinaire. Elle est costumée en bergère de fantaisie, soie bleue et rose, et se tient assise auprès de trois petits moutons blancs. Aux premières on paye un franc, aux secondes cinquante centimes. L'avantage des premières, c'est que l'on peut toucher ses mollets !

En voilà un goût singulier : se laisser toucher les mollets !

Combien j'en connais qui ne pourraient s'asseoir à sa place !...

La Bergère des Alpes fait ensuite le tour de la société, un plateau à la main. Donne qui veut.

« Ceci, mesdames et messieurs, c'est pour mes petits bénéfices.

» Remarquez le goût et la noblesse de mon costume ; je ne néglige rien pour me montrer à vos yeux de la façon la plus attrayante.

» Aussi, je vous prie d'être généreux. »

Le plateau circule dans l'assemblée, mais la recette n'est pas considérable, et les pièces d'un sou sont en plus grande quantité que celles de cinquante centimes.

Ajoutons que ceux qui laissent tomber quelque monnaie dans l'escarcelle de la jolie bergère reçoivent de sa blanche main leur bonne aventure sur papier rose ou bleu.

Voici la copie de celle qui m'a été donnée la
dernière fois que j'ai eu le plaisir de la voir aux
environs de Paris :

En tout cas, ses conseils ne peuvent nuire à
personne.

DAME DE CARREAU.

Cette carte vous annonce une lettre qui
doit changer une partie de votre existence.
Vous vous unirez à une personne jeune,
qui a beaucoup de sentiment pour vous.
Vous êtes craintif parfois, comme dans d'autres moments vous êtes par trop brave. La
richesse ne fait pas le bonheur, mais elle y
contribue pour beaucoup. Vous avez tout
pour devenir riche. La personne que vous
épouserez vous aidera dans cette tâche difficile. Ayez de la persévérance dans tout ce
que vous entreprendrez, et vous arriverez
promptement à une aisance relative. Méfiez-
vous d'une personne que vous connaissez
et qui essaye sans cesse de s'attacher à vos
pas ; cette personne ne cherche qu'à vous
nuire dans tout ce que vous entreprenez.

Il ne faut pas oublier non plus *la Belle Bergère
Lorraine.* Son prospectus nous donnera tous les
renseignements désirables sur son exhibition.

LA
BELLE BERGÈRE
DE
LA LORRAINE

AGÉE DE 16 ANS

Une des plus belles femmes de l'Europe, et qui faisait l'admiration de toute la Lorraine

EST ICI

Elle a été aussi admirée dans toutes les villes où elle a eu l'honneur de se présenter, accompagnée de

DEUX JOLIS MOUTONS PHÉNOMÈNES

MILLE FRANCS

A celui ou celle qui pourra présenter trois phénomènes vivants, semblables.

LA BELLE BERGÈRE

Fait elle-même l'explication de ses Moutons :

L'un, porteur de quatre cornes extraordinaires, de quatre pieds de cerf, possédant les yeux d'une personne, est d'une race sans pareille ;

Le second marchant avec six pattes.

La BELLE BERGÈRE LORRAINE, de Colombet-les-Belles-Femmes, près Nancy (département de la Meurthe), est d'une rare beauté, d'une taille gigantesque pour son âge de seize ans.

Elle est visible à tout instant sur la place.

Prix des Places : Fremières, 25 c. — Secondes, 15 c.

Elle est née à Colombet-les-Belles-Femmes. C'est un pays que je ne connaissais pas.

Avis aux amateurs qui désirent gagner mille francs ; ils n'ont qu'à lui présenter trois moutons aussi curieux, c'est-à-dire un mouton possédant quatre cornes extraordinaires, quatre pieds de cerf, ayant les yeux d'une personne et d'une race sans pareille.

En voilà un mouton compliqué.

Le second n'est guère moins curieux, il marche avec six pattes.

Qui n'est entré voir *la Jeune Marie,* écrivant avec sa bouche, faisant de la tapisserie avec sa bouche et dessinant avec sa bouche ? Moyennant deux sous, elle vous écrit un autographe dont voici la copie :

Ceci a été écrit avec ma bouche

Marie.

Prix : 0 10 centimes

Neuilly le 6 Juillet 1873

Marie n'a pas de bras ; sa figure est douce. Elle est blonde et paraît, lorsqu'elle écrit, entièrement convaincue qu'elle possède un immense talent.

Je connaissais l'art d'élever des lapins et de s'en faire trois mille livres de rente, mais j'ignorais jusqu'alors le moyen de faire sa position en écrivant avec la bouche.

Après tout, cela n'a rien de si curieux. On s'arrête tous les jours, au Louvre, devant cet artiste qui peint, et fort bien, avec ses pieds. Mais il ne fait pas payer dix centimes.

Et l'enfant qui n'a pas d'oreilles et qui entend avec la bouche ; et celui qui n'a pas de nez et qui respire par les oreilles ; et la petite fille qui est douée de trois jambes ; et celle qui a un bras au milieu de la poitrine ; et celle qui a dix doigts à chaque main; et celle qui a des pieds comme une biche; et celle qui...

ça c'est difficile à dire : mais vous pouvez la voir dans toutes les fêtes, si elle vit encore, et vous pourrez alors vous écrier : « Elle n'est ni homme ni femme, elle est Auvergnate!... »

Regardons, en passant, *l'Homme Cyclope*, qui

n'a qu'un œil au milieu du front et qui défie les vues les plus exercées (?).

Allons visiter *les Cinq milliards en or* : ce sont  tout bonnement des pièces en carton, dont la quantité, la forme, la hauteur représentent cinq milliards.

Et dire que l'exhibiteur vendrait ses cinq milliards pour moins de 5oo francs.

J'ai déjà parlé de l'homme squelette, qui est d'une maigreur effrayante. A la porte, un pitre assure qu'on voit à travers son corps.

Mais je vous assure que le pitre ne dit pas la vérité.

Toutes ces industries rapportent de jolis bénéfices aux banquistes qui les exploitent. L'un d'eux m'assurait que — *quand ça allait* — il gagnait plus de 4o francs par jour. Mais hélas ! ça ne va pas toujours, et plus d'une fois, malgré leurs annonces, malgré leurs réclames, le sujet s'épuise et aussi la curiosité ; ils sont alors forcés de trouver une autre difformité à exploiter. Je me suis laissé dire qu'il existait une sorte de cour des Miracles, rendez-vous des possesseurs de phénomènes, et qu'il s'y traitait des échanges et des marchés.

Cela doit être curieux à visiter, et j'espère bien un jour me procurer ce plaisir pour vous le faire partager.

LE MUSÉE DE CIRE.

CHAPITRE VII

Le musée de cire. — Le musée anatomique. — Le carrosse de Napoléon Ier. — La géante colosse suisse. — Le musée des antiques. — Les catacombes de Rome et de Paris. — La sirène. — La serpentinette. — Le théâtre mécanique.

 ous voici encore arrêté dans notre excursion à travers le domaine de la banque et de la blague, par une loge sur laquelle se détache un immense écriteau. Lisons :

MUSÉE DE CIRE
PRIX D'ENTRÉE : 25 CENTIMES.

Un pitre débite sur les tréteaux toutes les fari-

boles possibles et impossibles, pendant qu'un
homme, assez bien mis, ma foi, — sans doute le

propriétaire de la
baraque, — crie à
tue-tête dans un
grand tube de fer-
blanc qu'on nom-
me porte-voix, et
appelle les curieux.

Laissons là les bêtises du pitre et les boniments
du propriétaire de la loge, et pénétrons dans le
musée.

A droite, à gauche, au milieu, au fond, des
groupes, des animaux, des femmes en cire ; le
tout éclairé par un jour un peu sombre. Chacune

de ces figures porte un numéro d'ordre, et l'on
vous délivre, moyennant 10 centimes, un cata-
logue donnant leurs noms et les indications nécessaires.

La foule arrive, et l'homme que nous admirions
tout à l'heure pénètre dans la salle, une baguette
à la main, et commence la description.

— Ceci, mesdames et messieurs, représente le
grand et vigoureux lion de Numidie. Cet animal
habite un pays très-chaud et aime à se *tremper*
dans les rivières qu'il rencontre. C'est depuis ce
jour qu'on l'a appelé lion numide. Un seul bloc en
cire molle pesant 60 kilog., 120 livres. Faut voir !
faut voir !

— Ceci, mesdames, messieurs, représente
Mme Lafarge devant les assises de la Corrèze.
Remarquez avec quelle fidélité l'artiste a reproduit
l'émotion qui se traduit
sur les traits de l'accusée.
Un seul bloc en cire
molle. Sujet important ;
100 kil., 200 livres. Faut
voir ! faut voir !

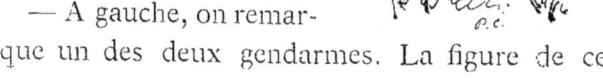

— A gauche, on remar-
que un des deux gendarmes. La figure de ce

représentant de la justice est remarquable par son impassibilité. Un seul bloc en cire molle. Sujet de peu d'importance ; 5o kilog., 1oo livres.

— A droite, le second gendarme. L'artiste n'ayant pas eu assez de cire pour le terminer, ne lui a fait qu'un bras et qu'une jambe ; 3o kilog., 6o livres. Faut voir ! faut voir !

— Maintenant, messieurs, les principaux souverains de l'Europe :

-- Henri IV chez la famille Michaud. Le roi est enchanté, et la famille Michaud boit à sa santé. Un seul bloc en cire molle ; 7o kilog., 14o livres. Faut voir ! faut voir !

— Le grand Frédéric II, roi de Prusse, jouant de la flûte. Remarquez, messieurs, comme l'artiste a rendu l'expression de sa figure et de ses yeux. On voit, par la peine qu'il se donne, que Frédéric II joue un morceau difficile. Un seul

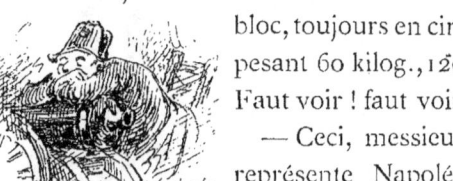

bloc, toujours en cire molle, pesant 6o kilog., 12o livres. Faut voir ! faut voir !

— Ceci, messieurs, vous représente Napoléon 1er à Austerlitz. L'empereur s'est endormi sur un canon et rêve aux destinées de la

France. (*Le montreur se découvre.*) Et le lendemain, il remportait une grande bataille appelée
depuis le Soleil d'Austerlitz. (— Qu'en dites-
vous ? —) Sujet fort important. Un bloc *unique*
en cire molle ; 200 kilog., 400 livres.

— Voici maintenant une femme sauvage allaitant ses enfants.

— M. Thiers relevant ses lunettes après la signature du traité de paix de la dernière guerre. Le
grand homme semble dire : « La France est toujours la France ! » Un seul bloc en cire molle ;
40 kilog., 80 livres. Faut voir ! faut voir !

— Mandrin, le célèbre brigand, au moment où
on le mène au supplice. Admirez l'expression de
ses yeux.

— M. Poniatowski, roi de Pologne, mourant.
Son dernier regard est tourné vers son écuyer.

— L'écuyer de M. Poniatowski, sujet peu important; il regarde son maitre.

Ces explications durent quinze minutes. J'en
passe et des meilleures :

— Mlle Thérésa chantant une tyrolienne.

— Louis XIV entrant tout botté dans le Parlement.

— Bismark embrassant le roi Guillaume.

— Charlotte Corday assassinant Marat.

 Ce qu'il faut remarquer, c'est l'aplomb avec lequel parle celui qui fournit les explications ; rien ne le dérangerait lorsqu'il a commencé à montrer *les sujets*. Gare à celui qui rirait trop haut ou qui se permettrait d'interrompre ses éloquentes démonstrations ; d'un regard il le foudroierait, et il le rappellerait à l'ordre en termes peu parlementaires.

Dans ce musée, il y a deux têtes en cire, l'une avec, et l'autre sans moustaches. Ces deux têtes représentent toujours la célébrité en vogue. Tour à tour, c'est Fieschi, Lacenaire, Troppmann, Gambetta, de Moltke, Jules Favre ou Mme George Sand, la jolie bergère des Alpes, Mme Carvalho, etc.

C'est pratique cela, et surtout économique. Le cabinet particulier, que l'on visite moyennant 20 centimes supplémentaires, mérite un regard. On y voit *les deux sexes de la nature* IN NATURALIBUS. Franchement, cela n'est pas bien curieux.

Pour en finir avec le musée de cire, ajoutons qu'un artiste modeleur est attaché à l'établissement, pour remettre des nez, des bras, des jambes aux sujets que le voyage peut détériorer.

A côté du musée de cire, se trouve le musée d'anatomie ; c'est en quelque sorte la reproduction en petit du musée Hartkoff.

Les enfants au-dessous de dix-sept ans n'y sont pas admis.

Les lecteurs comprendront que nous ne pouvons donner des détails sur les pièces anatomiques qu'on y voit. Toutes sont admirablement bien exécutées et les explications sont fournies par un homme qui interrompt de temps à autre ses démonstrations pour rappeler qu'il est médecin.

Si vous voulez bien, entrons, en passant, jeter un coup d'œil sur la *voiture de gala et du sacre de Napoléon I*er. Payons chacun nos 50 centimes et admirons le carrosse. Maintenant, redonnons un léger supplément de 10 centimes et asseyons-nous à la place même de l'empereur et de Marie-Louise.

C'est une belle voiture ; est-ce la vraie ? l'exhibiteur l'assure ; est-ce une imitation ? je le crains fort. En tout cas, c'est une imitation parfaite, car il me souvient d'avoir vu un carrosse semblable au musée Tusseau, à Londres.

Deux domestiques en cire, perruque poudrée, livrée de cour, se tiennent roides et majestueux, les bras croisés, derrière le véhicule ; et, à la place droite, à l'intérieur, on voit un képi de capitaine ; *le même avec lequel Napoléon a fait le siége de Toulon.*

Je reviens aux musées, ayant oublié de parler

du musée des Antiques, dont l'entrée est fixée à l'invariable somme de 25 centimes par personne ; ce musée est un ramassis de toutes sortes d'objets impossibles, et les étiquettes que l'on voit sur chacun des bibelots donnent fortement à rêver sur la force d'invention de certains industriels.

C'est ainsi que nous voyons :

  — Le bonnet de Charlotte Corday, le même qu'elle portait quand on lui coupa la tête, et qu'ona fait blanchir une fois seulement.

— Le cheveu qui tenait l'épée suspendue sur la tête de Damoclès.

— Un morceau de la besace de Diogène. (Remarquez que c'est le côté où était le cuir de la courroie.)

— Un des cailloux que Démosthène se mettait dans la bouche pour parler correctement.

— Le caleçon de bain de Charles IX.

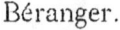

— La dernière bougie que Diogène a mise dans sa lanterne.

— Le réveil-matin d'Agamemnon, ancien général de l'infanterie d'Athènes.

— La capote de garde national de Voltaire.

— Les lunettes de Béranger.

— L'épée de Bayard, le même qui fut l'ami de François Ier.

— Une boîte à musique ayant appartenu à Catherine de Médicis.

— La trompette de Gédéon.

— Le mouchoir que Méhémet-Ali, pacha d'Égypte, jetait à ses favorites.

— La cuirasse de Jeanne d'Arc, surnommée la Pucelle d'Orléans. (*Nota :* La cuirasse est fortement bosselée du côté gauche.)

— Une chemise de couleur de Toussaint-Louverture, le même qui fut le héros de l'indépendance de Haïti.

— L'aspic de Cléopâtre, conservé dans de l'alcool.

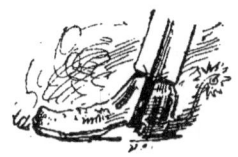

— Les sous-pied de Charles-Quint.

— Une paire de patins ayant appartenu à Hugues Capet.

On le voit par ces quelques échantillons, le possesseur du musée a plutôt cherché à faire rire le public qu'à lui offrir une collection de curiosités authentiques. C'est amusant, et je vous assure que l'on se tient les côtes en entendant l'explication de chaque objet donnée avec le sérieux le plus imperturbable par le directeur lui-même.

9

Et puis, comme dans tous les musées, il y a un cabinet particulier. Et, comme dans tous les cabinets particuliers, il est impossible de vous dire ce que l'on y voit.

Une seule chose me surprend, c'est que la police tolère cette dernière exhibition.

Après tout, on en voit bien d'autres au musée de Cluny !...

Ici, nous voyons dans une baraque les Catacombes de Rome et de Paris, le tout en carton et en relief.

Il y a quelques sujets mécaniques qui travaillent.

Les explications sont fournies par un jeune homme, qui récite son boniment comme l'écolier une fable.

Mais ce n'est pas assez remarquable pour que nous nous y arrêtions.

Là, c'est un bossu qui retourne sa bosse, la fait venir devant, puis repasser sur le dos, le tout

moyennant cinq centimes par personne. — Drôle de métier.

Voici la loge où l'on montre une sirène. C'est une femme qui a une tête de poisson et qui repose dans une grande vitrine en verre. Inutile de dire qu'elle est en cire, et que le montreur explique que ce bloc a  été modelé sur la femme, lorsqu'elle est morte.

C'est ce que l'on appelle une attrape ; et cela me remet en mémoire cette *blague* dont j'ai été témoin à la foire d'Amiens, et dont je garantis l'authenticité. Je copie mes notes telles que je les ai prises sur le lieu même :

« Venez voir, messieurs, la serpentinette ; c'est la seule qui voyage en Europe. Elle est dans l'eau nuit et jour. C'est curieux ! c'est curieux ! L'entrée n'est que de cinq centimes. »

Vous entrez, alléché par l'annonce, — car, à la porte, il n'y a pas de tableau, chose rare dans une baraque de saltimbanque, — et le même individu qui vous engageait à entrer descend à son tour et vous dit :

« Mesdames et messieurs, je devais venir montrer ici, à la foire d'Amiens, le fameux géant chinois, le même que l'on a vu à l'Exposition de 1867, et qui revient de Londres et du Brésil, où il a eu tant de succès. Mais je ne me suis pas entendu avec lui et il m'a lâché (*sic*) au Havre. Ma place était louée à l'avance et ma loge était faite ici ; j'ai donc été forcé d'imaginer la petite supercherie que vous allez voir, tout en vous priant de ne pas me faire du tort en sortant ; je ne vous demande, du reste, que cinq centimes d'entrée. »

Il découvrit un baquet qui était caché par un linge, et l'on aperçut, à la stupéfaction générale :

Une serpe en tinette,

c'est-à-dire une serpe dans un baquet plein d'eau.

C'est là, je crois, une des plus fortes *blagues* que j'ai vues.

Une *blague* en amène une autre, et je me souviens de celle-ci :

On avait annoncé dans une salle de concert de Toulouse une séance d'escamotage ; et, pour la

fin, on promettait le *tour du Dindon en habit noir.*

Grand était l'étonnement des habitants, qui se demandaient ce que cela pouvait bien être.

Le soir, après avoir payé deux francs chacun, ils assistèrent au spectacle d'un joueur de gobelets, fort habile du reste.

Pour terminer, il s'avança vers le public et s'écria :

« Ne vous fâchez pas, messieurs, de cette plaisanterie ; elle ne blessera personne ! »

Et il fit le tour de la société avec un dindon sous le bras.

Or, comme il était en habit noir, c'était bien le *tour du Dindon en habit noir*.

Il faut jeter un coup d'œil en passant sur le Théâtre-Mécanique dont je reproduis l'affiche textuellement, et nous continuerons notre excursion à travers ce monde de banquistes...

Le Théâtre-Mécanique est un curieux travail de patience.

Les sujets sont animés d'une façon merveilleuse.

Ce petit théâtre est une exhibition véritablement remarquable.

Et je vous engage à ne pas laisser échapper l'occasion de le visiter dans tous ses détails, lorsque vous vous trouverez dans une fête où il sera installé.

Le plus curieux, c'est que tout fonctionne par l'électricité.

Et tout marche avec une précision et une régularité parfaites.

Dans l'intérieur, les explications nécessaires sont données par M. Marchand, le propriétaire de la loge.

Quelle patience il a fallu pour organiser et disposer tous ces rouages, tous ces mouvements qui mettent en jeu les pièces, et animent d'une façon merveilleuse les petits personnages sciant, rabotant, piochant comme de véritables ouvriers !

Ce travail fait vraiment honneur à son constructeur ; et il nous permettra de lui faire ici tous nos compliments.

M. Marchand devrait se décider à venir exposer

son œuvre à Paris ; il ne manquerait certes pas de visiteurs.

Les deux dessins que nous en donnons ici ont été pris à Saint-Cloud, par M. de Crauzat.

Le premier représente la fonte du fer dans les hauts-fourneaux.

Le second, l'exploitation houillère.

M. Marchand, lors de notre dernière visite à son établissement, nous disait :

« Mes ouvriers sont parfaits, ils travaillent nuit et jour et ne se grisent jamais. ».

Voilà qui est précieux !

LORAMUS ET LODOÏSKA.

CHAPITRE VIII

Le théâtre des Barnums. — Diverses curiosités. — Loramus.

LE THÉATRE DES BARNUMS

E crois devoir consacrer un chapitre tout spécial au théâtre des Barnums, qui est en ce moment dirigé par M. Loramus, le prestidigitateur, mari de Mme Lodoïska.

A proprement parler, ce n'est pas un théâtre, — si l'on prend ce mot dans sa véritable acception, — c'est plutôt une vaste salle, dans laquelle sont exposées des figures et des objets en cire, admirablement bien modelés.

L'entrée est grande, spacieuse : sur le devant, au milieu de l'immense construction roulante en bois, on aperçoit un spécimen de ce que peut contenir l'intérieur de la salle.

Un superbe nègre, grandeur naturelle, sonne une cloche, comme le ferait un homme. On n'a qu'à le remonter, et les bras se mettent en mouvement, pendant que la tête tourne de gauche à droite, et que les yeux roulent dans leurs orbites.

A côté, un vieillard fume tranquillement sa pipe, pendant que deux gardes romains présentent les armes aux spectateurs qui entrent dans le théâtre.

Ajoutons qu'un orgue, de dimension véritablement colossale, est mis en mouvement par un chien qui tourne dans une immense roue en bois. Une courroie de transmission met en jeu le mécanisme de l'instrument, qui exécute des airs, des fantaisies et des soli d'instruments, avec une grande netteté. Cet orgue sort des ateliers de M. Gavioli. C'est une véritable merveille de construction.

Pénétrons maintenant dans l'intérieur du musée.

Les sujets en cire sont représentés sur des gradins disposés spécialement pour cette exhibition.

Admirons-les en détail, et suivons le jeune homme, employé de M. Loramus, qui fournit les explications d'une façon claire et précise, moyennant une légère rétribution que les spectateurs sont heureux de lui verser dans sa tirelire en fer-blanc.

— Mesdames et messieurs, nous allons maintenant faire passer en revue devant vos yeux les merveilles accumulées dans ce cabinet unique en son genre. Remarquez le travail et la vérité avec lesquels sont reproduites toutes ces figures. Voici tout d'abord une réunion d'hommes illustres et de grandes célébrités et actualités.

— Sa Sainteté le pape Pie IX, Jacques Mastaï, né à Caliglia, le 12 mai 1792.

— M. Thiers.

— Le maréchal de Mac-Mahon.

— S. M. le shah de Perse.

— Mourad-Mirza, la lame du royaume.

— Le maréchal Bazaine.

— Le maréchal Canrobert.

— Le prince de la Moskowa.

— Le comte de Valdegama, ex-ambassadeur d'Espagne.

— Dames et seigneurs des différentes cours de l'Europe.

— Les frères Siamois, le plus grand phénomène qui ait paru jusqu'à ce jour.

Je dois à la complaisance de M. Loramus un dessin représentant les frères Siamois. Je le reproduis tel quel, avec l'autorisation du directeur du théâtre des Barnums.

Les deux frères Siamois sont admirablement bien exécutés. Les figures sont frappantes de res-

LES FRÈRES SIAMOIS

semblance. Ces messieurs sont en redingote et semblent continuer une conversation intéressante.

J'ajouterai que tous ces personnages sont revêtus de costumes magnifiques. Les habits des généraux sont brochés d'or et d'argent ; leurs poitrines sont constellées de décorations.

La figure de Pie IX a été modelée par Tanneric. C'est un véritable chef-d'œuvre en ce genre.

Le deuxième groupe comprend différents épisodes qui se sont passés sur le champ de bataille, après l'action de Sedan.

· Un mourant, colonel de hussards, reçoit les soins d'une infirmière et d'un médecin de la convention de Genève. De temps à autre, un dernier souffle de vie vient animer le corps du mourant, et, dans un suprème effort, il se soulève, mu comme par un ressort invisible.

Ce groupe est un véritable tableau d'exécution.

Puis défilent à leur tour le maréchal de Mac-Mahon, blessé au plus fort de l'action, soutenu par un officier d'état-major, et le général de division de Wimpffen, qui reprend le commandement en chef.

Ce second groupe est, sans contredit, un des plus intéressants.

Chacun des sujets semble vivre. Les mourants et les morts apparaissent avec toute la réalité de la mort sur leurs traits.

Les blessures reproduites dans toute leur vérité horrible, les figures décolorées, jaunes, les yeux hagards, les bouches entr'ouvertes, laissant apercevoir les dents serrées ; les traits contractés, tout cela n'est certes pas agréable à contempler, tellement la reproduction est fidèle.

Ces travaux font honneur à MM. Lécuyer et Georges Chamu, neveu de M. Loramus, qui en sont les auteurs.

Ah ! cette fois, passons du grave au doux. C'est une scène comique d'artistes ambulants.

Les quatre clodoches dansent leur infernal quadrille au son d'un orgue de Barbarie, accompagné par une grosse caisse et des cimbales.

L'orgue est tourné par *M. Vert-Do-Ré*, un artiste en son genre, pendant que *Mme Fasssola* bat la grosse caisse et frappe des cimbales avec une énergie et un entrain qui font rêver sur la force de biceps de certaines femmes.

Ce groupe, dont je donne le dessin, est véritablement curieux. De loin, l'illusion est complète. Que de travail de mécanique il a fallu pour arriver à donner la vie et le mouvement à ces grandes poupées ! Rien n'y manque. Les entrechats, les ailes de pigeon, le grand écart, etc.

Rien qu'avec cette pièce, un exhibiteur gagnerait beaucoup d'argent.

Voici maintenant une jeune mère allaitant son enfant. L'enfant crie *papa* et *maman*, et se soulève par moments.

Le cinquième groupe montre, dans tous ses détails, l'assassinat du duc de Bourgogne sur le pont de Montereau.

Je reproduis le récit du montreur :

« Le 10 septembre 1419, Jean sans Peur, duc de Bourgogne, et Charles, dauphin de France, voulant oublier leurs longues discordes, se promirent de faire à tout jamais paix et alliance.

» Le milieu du pont de Montereau, sur l'Yonne et la Seine, fut choisi pour lieu de l'entrevue. Une loge en charpente y fut élevée. Le dauphin,

accompagné de son secrétaire, s'y rendit suivi
de dix hommes d'armes de distinction, parmi
lesquels son fidèle confident, Tanneguy du Châtel.

» Jean, duc de Bourgogne, vint bientôt le
rejoindre ; il avait à sa suite même nombre de
guerriers choisis et à leur tête Pierre de Giac, son
jeune favori.

» Arrivé devant son rival et maître, il ôta son
chaperon et mit un genou en terre; mais le
dauphin, croisant fièrement les bras, lui dit :

» — Vous avez mal tenu votre parole envers
nous, sujet lâche et déloyal. Vous avez...

» — Assez ! dit le duc. Il allait répondre, mais

Tanneguy se baissa, ramassa derrière la tapisserie la hâche qu'il avait cachée, puis, se redressant de toute sa hauteur :

» — Il est temps, dit-il en levant son arme au-dessus de la tête du duc. Celui-ci vit le coup qui le menaçait et voulut le parer de la main gauche, tandis qu'il portait la droite à la garde de son épée ; mais il n'eut pas le temps de la tirer, la hache de Tanneguy tomba, abattant la main gauche du duc et, du même coup, lui fendit la tête depuis la pommette de la joue jusqu'au menton. Le duc resta encore un instant debout. Alors :

» Robert de Loire lui plongea son poignard dans la gorge et l'y laissa. Le duc jeta un cri, étendit les bras et alla tomber aux pieds de Giac.

» Il y eut alors une grande et affreuse mêlée, dans laquelle on vit de nombreux combattants dont on n'entendit que les cris : — Tue ! tue ! à mort ! à mort ! sus aux Bourguignons ! sus aux Ármagnacs !

» Trois personnes seulement restèrent sous la tente vide et ensanglantée ; c'étaient : le duc de Bourgogne, étendu mourant, puis, Pierre de Giac, debout, les bras croisés, le regardant mourir, et enfin Olivier Layet, qui, voyant les souffrances du prince, soulevait son armure pour l'achever avec son épée ; mais de Giac, devinant son intention, lui fit voler l'arme des mains en lui disant :

» — Laissez donc mourir tranquillement ce pauvre prince !

» A ce moment, le duc rendait le dernier soupir.

» Ce fut ainsi que périt Jean sans Peur, le héros de l'une des plus sanglantes pages de l'histoire de France. »

Vient ensuite la représentation exacte du *Christ au linceul*, d'après Rubens. Le Christ est entouré des Apôtres et des saintes femmes de Jérusalem.

C'est un tableau superbe.

Voilà, en quelques mots, la description d'une partie des merveilles entassées dans ce musée. Il faudrait une véritable mémoire pour les décrire toutes.

Ce qu'il faut remarquer ; c'est que les accessoires, les armes et les costumes sont rendus avec une grande fidélité d'époque, si je puis me servir de cette expression. Et c'est d'autant plus remarquable que, généralement, dans ces sortes de musées, on se contente de donner aux traits la ressemblance des sujets sans s'occuper de *l'encadrement.* Ce sont tous ces détails qui rendent intéressante l'exhibition. Et je vous affirme qu'au théâtre des Barnums ils sont véritablement bien soignés.

Le théâtre des Barnums est tout en planches, long environ de 45 mètres et large de 12.

Il faut aux ouvriers une journée pour le démonter, et quatre jours pour le remonter. Les sujets de cire sont soigneusement emballés dans des caisses construites *ad hoc.*

M. Loramus l'a acheté à M. Lécuyer, le premier propriétaire.

Il vaut de 80 à 100,000 francs. Un joli denier.

Les beaux jours, dans les bons endroits,
M. Loramus m'assurait que la recette pouvait
s'élever à 2,5oo et même à 3,ooo fr. Pensez ce
qu'il doit venir de monde, à raison de 5o centimes
par personne.

Cet établissement verse son contingent au
droit des pauvres.

Les employés sont peu nombreux, et comme
tout est organisé militairement, le service se fait
avec une régularité parfaite.

Puisque je parle du théâtre des Barnums, il sera
peut-être agréable aux lecteurs que j'esquisse en
quelques mots la biographie de M. Loramus, le
directeur du musée.

Loramus est né à Tours, en 1828 ; c'est dire
qu'il est âgé de 46 ans.

Son premier métier fut celui d'imprimeur.
Mais ses aspirations le portèrent vers la physique.

Il s'éprit de bonne heure des merveilles de la
science, et la prestidigitation lui sourit d'une
manière toute particulière.

Bosco et Robert-Houdin ne donnaient pas une
séance que le jeune apprenti imprimeur n'y as-
sistât, cherchant la raison des expériences. Rentré

chez lui, il essayait, combinait, prenait ses notes
sur ce qu'il avait vu.

C'était une véritable vocation.

Il quitta le métier d'imprimeur, et devint l'élève
de ces physiciens.

Doué d'une intelligence hors ligne, portant
toutes ses pensées, tous ses désirs vers l'art de la
prestidigitation, possédant une habileté de mains
peu ordinaire, il arriva bientôt à devenir l'émule
des maîtres.

A partir de ce jour, sa fortune était faite.

A vingt ans, il quittait Paris et se mettait en
route pour donner des représentations. Un an
après, il devenait le mari de la belle Lodoïska,
et faisait, en compagnie de sa femme, le tour
de l'Europe, laissant partout sur son passage les
marques les plus vives de sympathie.

Loramus était riche de bonne heure. Il consacra
sa fortune à augmenter les richesses de son
cabinet de physique, un des plus complets que
l'on connaisse.

Que de tours il a inventés et perfectionnés !
Que d'expériences nouvelles ne lui doit-on pas ?

Un des principaux tours qui ont fait la réputation de Loramus est celui de *la Décapitation*.

THÉATRE LORAMUS

SITUÉ PLACE SAINT-PIERRE

LA

DÉCAPITATION

MORT CINQ MINUTES !!!

La tête du décapité sera présentée sur une assiette.

Le Praticien fera monter un jeune homme sur son théâtre, lui coupera la tête et la présentera aux spectateurs.

Ce miracle de la prestidigitation appelle l'attention de tous les hommes de l'art, et principalement de MM. les docteurs en Médecine, qui seront à même d'apprécier combien le prestige approche de la vérité.

Personne n'ignore que le cou est la partie la plus riche en organes, tous indispensables à l'existence ; il y a les canaux artériels et veineux, les fibres musculaires, la trachée-artère, l'œsophage, qu'on ne saurait attaquer impunément. Tout mon art consiste à couper ces organes assez adroitement, pour pouvoir ensuite les rejoindre, les rajuster, sans laisser entre eux la moindre solution de continuité.

VOICI UNE PARTIE DE MES SECRETS :

Lorsque j'expérimente sur un amateur, j'endors le sujet, je refoule dans ses poumons la masse d'air qu'il vient de respirer ; le froid de mon salon intercepte toutes les ouvertures, et c'est à peine s'il coule quelques gouttes de sang ; et, cependant, j'ai tranché les carotides internes et externes ; j'ai coupé les vertèbres cervicales, entre l'atlas et l'axis ; j'ai perforé la trachée-artère ou canal de l'air et le larynx. Mais j'ai fait tout cela assez adroitement pour les toucher au seul endroit où on peut les atteindre impunément ; quant aux muscles, c'est un détail ; je les détends à l'avance et je les noue avec la dextérité que vous me connaissez.

A présent, Messieurs, que vous savez la théorie de la décapitation, venez voir l'expérimentation, et vous serez surpris.

Le premier banc sera réservé pour MM. les Médecins et Chirurgiens.

Il saisit ses cheveux d'une main et, de l'autre, tenant un immense coutelas, il tranche sa tête.

L'illusion est complète : les artères sont coupées, le sang coule.

— C'est horrible ! crient les spectateurs.

— Assez ! assez ! disent les dames.

Mais rassurez-vous, Loramus n'est pas encore mort, et, Dieu merci, il n'a guère envie d'aller rejoindre les âmes errantes dans le royaume de Pluton.

Sa tête, soudain, se met à parler. Une voix caverneuse, véritable voix d'*enfer*, adresse des compliments aux dames, raconte ce qui se passe dans la demeure des morts, roule les yeux, s'agite de droite à gauche, et finit par demander à revenir sur la terre.

A ce moment, le bras qui tient la tête la replace sur le tronc sanglant, et Loramus s'avance vers les spectateurs, aussi bien portant que vous et moi...

Cette scène diabolique produit le plus grand effet.

Quand je saurai la manière de faire ce tour, soyez persuadés, chers lecteurs, que je vous l'apprendrai. Mais avant de connaître *le truc*, soyez également persuadés que je me garderai bien de me trancher la tête !...

Depuis la guerre, Loramus semble avoir abandonné la prestidigitation ; il s'en occupe moins et consacre tout son temps à son musée de cire, qu'il enrichit chaque jour de nouvelles trouvailles.

Bref, pour en finir avec ce chapitre, le meilleur conseil que je puisse donner aux lecteurs, c'est d'aller visiter le théâtre des Barnums.

Ils seront convaincus que j'ai été bien au-
dessous de la vérité, dans ce compte rendu
rétrospectif.

LE DÉCAPITÉ PARLANT.

CHAPITRE IX

'AI dit, dans un cha-
pitre précédent, que je
parlerais de *l'homme-éléphant* que vient d'engager
un barnum, à raison de
quarante francs par jour;
c'est à la dernière foire
d'Asnières que je l'ai vu,
et ce n'était pas une des
curiosités les moins remarquables de la fête.

L'homme-éléphant était installé dans une fort
jolie baraque. A la porte, un pitre faisait le boni-

ment et engageait vivement la foule à entrer voir
cette *merveille de la nature,* qui pouvait rivaliser
avec *la nature elle-même.*

L'homme-éléphant a environ trente ans ; il
est gros, petit ; sa figure est épaisse ; ses jambes
sont entièrement semblables à celles d'un éléphant ;
la peau est noire et rugueuse comme celle du
pachyderme. Le montreur explique cette cause
par une *envie d'éléphant qu'a eue sa mère.*

Une envie d'éléphant ! qu'est-ce que cela peut
bien être ?

Il distribuait des programmes dont voici une
copie :

FÊTE D'ASNIÈRES

PAR PERMISSION DES AUTORITÉS

Venez ! Venez !

ADMIREZ

L'HOMME-ÉLÉPHANT

L'Homme-Éléphant est une des merveilles de la nature. Ses jambes sont semblables à celles du pachyderme, et la médecine a étudié avec soin ce cas extraordinaire.

ADMIREZ !

Mais surtout défiez-vous ; tenez-vous
en garde contre

L'EXTASE

CAR IL EST RÉELLEMENT BEAU.

L'Homme-Éléphant défie tout concurrent.

Après la belle Parisienne, colosse de quatorze ans qui se montre dans toutes les foires, il est juste, en passant, de jeter un coup d'œil dans la

loge de *la belle Grandvillaise,* présentée au public par la femme albinos, qui, en compagnie de sa sœur jumelle, a beaucoup fait parler d'elle il y a quelques années. Elle s'est retirée de la circulation et se consacre au soin de montrer Mme Augustine.

Mme Augustine, dite *la belle Grandvillaise,* est née à Granville en 1848 ; c'est dire qu'elle compte maintenant vingt-cinq printemps ; du moins elle l'a dit, mais je crains que la coquetterie ne la pousse à se rajeunir beaucoup (?). Sa taille mesure un mètre et quelques centimètres ; sa jambe, terminée par un petit pied, est énorme; sa poitrine est... également énorme.

Quand vous serez dans une fête et que vous apercevrez la baraque de la belle Normande, entrez-y. Elle est aimable, et si vous aimez les grosses femmes, vous serez en ce point complétement satisfait.

Dernièrement, à Saint-Cloud, il s'est passé dans sa loge une petite scène assez amusante.

Une femme de la campagne, qui, elle aussi, ne manquait pas d'un certain embonpoint, voulait parier cent sous qu'elle pesait plus que la Normande.

— Entrons, et vous verrez, disait-elle

La belle Normande avait entendu ces paroles. A peine sa rivale fut-elle entrée, qu'elle lui jeta un regard de dédain, en disant :

— Vous, aussi grosse que moi ! allons donc ! Mais deux, mais trois comme vous n'arriveraient pas à la hauteur de mes mollets !

Cette petite scène m'en rappelle une autre dont le théâtre a été, à Versailles, la loge d'une femme sauvage.

Un monsieur entre dans la loge, voit la sauvage sur ses tréteaux, écoute avec attention le son de sa voix, puis, s'élançant sur elle, la saisit par le bras et s'écrie :

— Ah ! c'est comme cela, Thérèse, que tu m'as quitté, pour faire la femme sauvage. Allons ! suis-moi !

— Ciel, mon mari ! s'écria-t-elle en s'évanouissant.

C'était, en effet, son mari, qu'elle avait abandonné. Il paraît qu'elle n'avait qu'une idée fixe,
celle de se montrer en sauvage, et, un beau jour,
elle avait planté là le ménage pour venir s'installer
dans une baraque, sur le champ de foire. Renseignements pris, j'ai su depuis que la pauvre Thérèse, dont le mari avait si vivement contrarié les
aptitudes, endossait tous les soirs ses habits de
femme sauvage, et recevait ainsi ses amis.

Voilà, convenez-en, une singulière manie. Et
si, l'hiver, vous rencontrez dans un bal masqué
une grande femme déguisée en Hottentote, vous
pourrez dire :

— C'est Thérèse, la sauvage de Versailles.

Si elle arrive à faire prendre le même costume
à son mari, cela fera un beau couple, d'autant
plus que le mari tire un peu sur le nègre.

Parmi les industries exploitées avec le plus de
succès par les *commerçants* qui fréquentent les

foires, il faut citer celle du *montreur de phoques*.

A l'entendre sur ses tréteaux, on croirait véritablement qu'il fait voir, dans l'intérieur de sa baraque, quelque merveille inconnue. Il parle, il parle.

— Quelle blague ! disait un titi en l'entendant.

— Je l'ai appris, messieurs, à travailler. Ah ! c'est que François est le roi de tous les phoques présents, passés et à l'avenir. François, que je lui

dis, — et il me regarde, — salue la société, et il salue. François, dis papa, et il dit papa. Dis maman, et il dit maman. François, prends ce

fusil, et il le prend. François, décharge ce fusil,
et il le décharge.

— Ah ! messieurs, il est rudement savant,
François ; et s'il avait la parole, il causerait
comme un petit homme. Le phoque vit. On
peut le toucher, il est bon : il ne mord pas ; sa
douceur n'a pas de pareille. Vous le verrez
manger le poisson de mer, car François mange
et il a un rude appétit. Allons, messieurs,
montez, et venez admirer François. Il sera heureux de l'honneur de votre aimable présence,
et fera le tour de la société, afin que vous lui
donniez de quoi acheter de la nourriture qu'il
aime beaucoup : les poissons.

Je vous fais grâce du reste ; tout y passe : la
description de François, celle *des mers noires
polaires*, où il a été pris, celle du bâtiment, du
marin qui l'a capturé ; son arrivée en France ; la
difficulté qu'il a eue à s'apprivoiser.

Cela dure dix minutes.

François est tout simplement un phoque de
l'espèce la plus commune, qui nage dans un
grand baquet plein d'eau salée ; il sent très-
mauvais, a peur du monde, vous éclabousse
et préférerait cent fois retourner dans la mer

plutôt que d'être enfermé dans cette étroite prison, et d'être pompeusement appelé *le tigre des mers polaires.*

A propos de phoques, il est juste de dire quelques mots du *Tasmaniah* de l'Inde. Je reproduis ci-contre le prospectus lui-même qui en donne l'explication; inutile de l'enrichir de commentaires.

En ce point, il se suffit à lui-même.

Avis aux amateurs du beau, du vrai et d'histoire naturelle. Ils verront la personne qui donne l'explication et la nourriture à l'amphibie. — Seulement, s'il prend la nourriture, comprend-il au moins l'explication.

That is the question.

En sortant de voir le Tigre de mer, il faut bien chercher à se rattraper des trois sous qu'on a donnés pour cela, et l'on entre voir *l'Enfant à la grosse tête.* Cet enfant est vivant; il est petit, maigre, maladif. Jusque-là, il ne serait pas bien curieux, si ses épaules ne supportaient une tête immense, dont le tour mesure 85 centimètres. Il est à moitié idiot et semble tout hébété qu'on vienne en foule le regarder.

Le montreur explique que c'est un enfant surnaturel ; que les premiers médecins de la capitale,

et M. Ricord en tête (*il salue*), sont venus l'exa-
miner, et qu'ils ont délaré que c'était admirable,
que jamais on n'avait vu cela, etc. Puis il raconte
l'accouchement pénible de la mère,— je vous fais
grâce des détails, — et fait la quête *pour de quoi*
acheter des friandises au petit.

Un titi s'écria un jour dans la loge :

« Dis donc, Ernesse, il a rien l'air d'un bilboquet, l'manqué… »

Quelques mots, pour terminer le chapitre, sur *le décapité parlant.*

Sur une table, au travers des pieds de laquelle vous apercevez le mur du fond, se trouve une tête de vieillard , aux longs cheveux et à la barbe grise.

Il a au moins cinq cents ans. Cette tête, immobile sur un plat de faïence, est ridée, jaune... brrr... ça donne froid !... Tout à coup, les yeux s'agitent, la figure se contracte et une voix sépulcrale se fait entendre. C'est la tête qui parle :

« Je suis bien vieux. Je suis né sous Louis XV, en 1750.

» Fils d'un grand de l'époque, grand seigneur moi-même, je fus reçu à la cour du roi et attaché à sa personne. Un jour, je surpris Sa Majesté plongeant ses mains dans les coffres de l'État ; et, pour me punir de l'avoir vue se livrer à cette

mauvaise besogne, elle me fit couper la tête. Mais
le ciel me vengea, car je continuai à vivre, et je
vivrai éternellement. »

Voici la représentation terminée ; mais si vous
consentez à donner cinq sous en plus, on vous
expliquera comment se fait le *truc*. Allons, res-
tons et regardons.

La table du décapité se trouve au milieu d'une
pièce remplie de paille, et le devant de cette pièce
est fermé par un grillage qui commence à environ
1^m 5o de terre. Chaque pied de la table est relié
à l'autre par une glace unie ; de telle sorte, que
l'homme est enfermé dans cette espèce de cage en
verre, n'ayant que la tête de visible pour le public.
Sur le devant, on place une bouteille à moitié
pleine et un gobelet. Le public ne voit ces objets
que par la réflection des glaces, et l'illusion est
telle, qu'il les croit réellement au fond de la pièce.

Et comme il faut naturellement augmenter
l'effet produit par cette scène, l'intérieur de la
chambre est sombre : on dirait un caveau humide.

A gauche, un billot et une hache se trouvent
posés à terre ; ce sont les mêmes instruments de
supplice qui ont servi à l'exécution du décapité.

Je suis sûr que vous n'en croyez pas un mot.
N'importe. Vous savez maintenant comment on
peut faire *le décapité parlant.* Si vous avez envie,
comme notre héros, de vivre cinq cents ans, eh
bien, mettez-vous sous sa table.

LA DANSEUSE DE CORDE.

CHAPITRE X

La danse. — La danseuse de corde. — Un drame à Saint-Germain.

VANT d'être un art, la danse n'était qu'une *saltation*, pantomime grossière, n'ayant rien de réglé, et dont l'origine se perd dans la nuit des temps. Le premier homme se mit, dit-on, à danser en admirant sa compagne. J'ignore où l'on a pu se procurer ces renseignements... mais, après tout, c'est bien possible qu'ils soient exacts...

La danse, chez tous les peuples, a été tenue en

grand honneur : chez quelques-uns, elle a même
revêtu un caractère sacré ; et certains historiens
ont été jusqu'à prétendre que l'on pouvait juger
d'un règne par les danses qui y sont en usage.
(Li-Ki, *Maximes des Orientaux*.)

David dansait devant l'arche, Timon le Phlia-
sien était danseur avant d'être sceptique ; Épami-
nondas à ses qualités joignait celle de danseur.
Louis XIV dansa sur le théâtre avec toute sa cour.
Son arrière-petit-fils, Louis XV, dansa également
avec de jeunes seigneurs dans la salle des Tui-
leries... Dans les théâtres, c'étaient des hommes
qui exécutaient les danses ; on les habillait en
femmes. Ce ne fut qu'en 1681 que l'on vit pour
la première fois des femmes danser sur la scène.
Cette innovation est due à Lulli, qui, dans son
ballet *le Triomphe de l'Amour*, fit paraître quatre
femmes, quatre seulement, n'en ayant pu trouver
davantage.

Depuis, l'art chorégraphique a fait d'immenses
progrès ; et il y a une chose à remarquer, c'est
que, depuis Lulli, ce sont principalement les
femmes qui ont soutenu l'éclat de la danse théâ-
trale. Rappelons-nous les succès de Taglioni, de
Ferraris, d'Elssler, de Livry, de Rosati, de Beau-

grand et de bien d'autres artistes, qui se sont rendues célèbres.

Si je parle de la danse, c'est parce qu'elle touche de près à notre sujet. N'est-elle pas la sœur aînée de la *danse de corde ?*

L'art des danseurs de corde remonte à l'an 1345 avant Jésus-Christ. Les Romains adoraient ce genre de spectacle, et ils avaient des funambules d'une adresse merveilleuse. Ce goût se répandit en Italie et en France, et l'on cite des funambules qui sont restés célèbres. Le fameux Archange Zuccaro, par exemple, saltarin de l'empereur Maximilien II et des rois de France Charles IX, Henri III et Henri IV, a donné des règles de la funambulie. Blondin traversant la chute du Niagara, Mme Saqui dansant sur une corde la tête dans un sac, et bien d'autres dont les noms m'échappent nous fourniraient une étude fort curieuse ; mais je ne veux pas m'écarter de mon sujet, et je ne parlerai que des danseuses de corde de la place publique.

Bien que le type de la danseuse de corde qui donne ses représentations sur les places soit peut-être moins intéressant que ces intrépides funambules, je ne veux pas l'oublier, et il est juste de lui consacrer quelques lignes. C'est la reine de l'air, comme l'appellent ses confrères, et plus d'une a eu son petit roman, tout comme une grande dame.

Permettez-moi, à ce sujet, de vous raconter une scène fort pénible dont j'ai été témoin, et qui m'a vivement impressionné :

Nous étions à Saint-Germain, mon ami Maurice R. et moi, et ne savions comment passer la soirée. Maurice était triste comme un enterrement... non civil. Le pauvre garçon avait un chagrin et un remords. Le chagrin lui venait d'une femme qu'il avait aimée, et qui, un beau jour, avait disparu de chez lui, emportant les quelques objets de valeur qu'il avait, et pas mal d'argent. Impossible de savoir ce qu'elle était devenue.

— Je l'ai bien mérité, me disait-il mélancoliquement. On m'a fait ce que j'ai fait moi-même... à l'indélicatesse près. J'ai quitté, on m'a quitté. J'avais aimé une autre femme, une jeune fille, une orpheline, si bonne, si douce ! Un jour, je

vois Mathilde, — celle qui s'est sauvée avec mes
bijoux, — et j'ai planté là cette pauvre Louise.
J'ai eu même le tort de la priver de ce que je lui
donnais pour la faire vivre. Qu'est-elle devenue?
Qui le sait? Mais si je la rencontrais, et quoique
la mauvaise action de Mathilde m'ait mis un peu
à sec, je réparerais ma faute; en ce sens du moins
que si Louise ne voulait plus de moi, je m'arran-
gerais de façon à lui faire parvenir d'une façon
indirecte un peu d'argent, pour qu'elle ne soit
pas obligée de descendre plus bas, afin de ne pas
mourir de faim. Oh! si tu savais comme Louise
était jolie, quand elle levait ses beaux yeux bleus
au ciel !

— Eh bien, mon ami, garde ta bonne résolution
pour le jour où tu pourras la réaliser, et tâche,
pour le moment, de te distraire. Tiens, allons à la
fête; j'ai lu l'annonce d'un spectacle extraordinaire
dans une baraque; nous verrons peut-être des
femmes qui, au lieu de lever leurs beaux yeux
vers le ciel, les dirigeront vers nous, ce qui est
mille fois plus agréable.

Maurice, après un peu d'hésitation, se laissa
entraîner.

On jouait *le départ des Croisés pour Jérusalem,*

et dans les entr'actes on promettait, comme intermèdes, des exercices d'une des plus brillantes
élèves de Mme Saqui. En d'autres mots, on nous
montrerait l'habileté d'une funambule. Pendant
tout le premier acte, Maurice ne daigna pas regarder du côté de la scène. Il était sombre, con-
centré, taciturne, le dos appuyé à la colonnette de
la loge, les yeux hagards. La toile se leva sur l'entr'acte. On avait tendu une corde partant de la
scène et venant se fixer à la loge qui était au-dessus
de la nôtre.

La jeune funambule parut, court-vêtue, une
couronne de bluets au front. Elle salua le public,
qui lui fit ce qu'on appelle une *entrée*.

— Tiens, dis-je à Maurice, elle est ma foi très-
avenante.

Maurice ne broncha pas.

La danseuse s'avança légèrement, son balancier
à la main, sur la corde, pour commencer à la parcourir dans toute sa longueur. Tous les regards
étaient concentrés sur elle. Quand elle fut près de
notre loge, hasard ou fatalité, Maurice leva les
yeux! Il tressaillit, fit un bond, poussa un cri :
— Louise ! On eût dit d'un sanglot.

La danseuse, qui montait toujours, entendit ce

cri, baissa le regard vers notre loge, reconnut Maurice, eut comme un tremblement ; le balancier lui échappa des mains, on entendit un autre cri répondre à celui de mon ami, — et la pauvre fille tomba dans le parterre, où elle se brisa la colonne vertébrale.

Maurice est fou.

L'HOMME-ORCHESTRE.

CHAPITRE XI

ous avons dit que la musique jouait un grand rôle dans les fêtes populaires, et c'est vrai ! Depuis le diseur de bonne aventure ou la femme à barbe, qui *louent* pour une journée deux petits Italiens, jusqu'aux grandes loges qui paient quinze ou vingt musiciens engagés à l'année, la musique est pour tous les banquistes un *attractif*, puissant moyen — trop bruyant parfois — pour attirer la foule et la rassembler devant les planches de l'estrade sur lesquelles les pitres font leurs boniments.

Mais il est d'autres genres d'exploitation dont la musique est le prétexte, peu cultivés peut-être, qui offrent cependant une étude assez intéressante : je veux parler des chanteurs de chansonnettes, de l'homme-orchestre, de l'homme-clarinette, du marquis de la Vessie, etc., que tout le monde a vus, et qui tous nous ont plus ou moins divertis.

A notre époque, le chanteur de rues n'est plus qu'un triste parodiste, qu'un navrant écho de chansonniers souvent de bas étage. Il a dépouillé tout caractère original, son type s'est perdu dans la nuit des temps.

Et cependant il compte pour ancêtres les plus illustres poëtes. Le rapsode Homère est son aïeul. Il descend en droite ligne des Arnodes de la Grèce. Ses pères étaient bardes. Mais comme tout se transforme, il a rejeté loin de lui les formules et la manière des mendiants qui revenaient de terre sainte. Il ne chante plus les gloires d'un pays, ni la Passion de Jésus-Christ, ni l'amour d'un Renaud, ni les enchantements d'une Armide; il n'entonne plus un cantique ni un noël en l'honneur du Saint des saints; il est même tombé plus bas.

Ce qu'il chante manque de caractère. C'est une romance malsaine, une ronde digne de défrayer les gosiers de tout une caserne, un refrain égrillard, sans moralité, et, partant, sans nécessité.

C'est le goût du jour qui le veut ainsi. Jusque dans ce bas fond de l'art, les traditions et le genre se sont effacés; il n'a gardé que le grotesque et le grossier.

Où sont aujourd'hui les Philibert et les Duchemin? Où sont les ménestrels qui composaient eux-mêmes vers et chansons sur des sujets d'un intérêt grand? Où sont les chantres qui, sur une borne, prêchaient les croisades? Où sont-ils tous ces débris d'une civilisation grecque et romaine?

Le chanteur des rues n'est maintenant plus qu'une inutilité et un embarras. N'était par charité que l'on s'arrête devant lui pour lui faire une aumône, il serait bien vite oublié et laissé de côté.

13

Qu'il hurle l'air de *la Femme à barbe* ou une complainte d'un *Fualdès* quelconque, c'est tout ce dont il est capable, il est descendu trop bas pour se relever.

Le type du chanteur de chansonnettes n'a donc rien de bien saillant ; armé d'une guitare, il se place devant un café ou à côté d'une baraque bien fréquentée, retire son chapeau, fait écarter la foule

et se met à chanter des complaintes en s'ac-
compagnant de son instrument.

Il en est qui chantent de grands airs d'opéra ;
entre autres un petit brun, un peu bossu, doué
d'une fort jolie voix de baryton. Son répertoire
est varié. *Le Pré aux clercs, la Muette,* le grand
air du *Barbier*, voilà pour le sérieux ; *Polichinelle
et Bébé, le Vieux Buveur,* etc., voilà pour la
partie comique ; et, ma foi, il s'en tire assez bien ;
aussi les sous pleuvent-ils de tous côtés et à foison.

Je suis persuadé qu'il gagne environ douze à quinze francs par jour, et le dimanche — dans les bons endroits — le double.

Il en est d'autres qui chantent des tyroliennes à rendre jaloux les habitants du Tyrol eux-mêmes.

Il est vrai que partout, sauf dans le Tyrol, on chante des tyroliennes.

J'ai entendu, à la fête d'Asnières, un de ces *artistes* diriger sa voix d'une façon incroyable, et arriver à produire les effets·les plus bizarres. Sa chansonnette *Entendez-vous le son de la flûte*, avec imitation de sons de flûte, est vraiment curieuse.

« Ce chanteur, disait un hercule, a une terrible poitrine : le gaillard roucoule ainsi depuis ce matin, et sa voix est toujours aussi flûtée ! »

Ces chanteurs ne doutent de rien : il aurait beau y avoir à côté d'eux une grosse caisse, un piston, un orgue de Barbarie et un tambour, quand ils ont commencé *à placer leur air*, il faut qu'ils le crient jusqu'au bout, sans s'inquiéter si on les entend ou non ! Et dire que M. Prud'homme prétend que l'art est dans le marasme.

Il est un type bien connu à Paris, c'est de Meyer, *l'homme-clarinette*. De Meyer est Belge d'origine.

Il a beaucoup voyagé, et il connaît l'Allemagne, l'Angleterre et l''Amérique

Coiffé d'un énorme bonnet de coton, armé d'une clarinette en buis à treize clefs, vêtu d'une immense robe de chambre, il exécute, après s'être livré aux cascades les plus grotesques, *l'Ouverture de Guillaume Tell, avec variations obligées et arrangées par lui-même.*

Un harpiste l'accompagne. Il tire de jolis sons de son instrument et exécute *la difficulté* avec une étonnante *facilité*. Un de ses grands effets est de passer subitement des notes les plus élevées aux notes les plus basses. Il imite ensuite le canard, la flûte, l'âne, la vièlle et finit par la grande dispute entre M. et Mme Jobard... Scène imitative.

De Meyer ne connaît pas une note de musique; il joue tous les airs connus; sa mémoire est prodigieuse. C'est à tort que l'on a prétendu qu'il avait été chef de musique dans un régiment de ligne.

L'homme aux chiens n'est pas moins curieux.

Il fait danser trois chiens habillés en marquis Louis XV, aux sons d'un galoubet et d'un tambour accroché à sa ceinture. Jouant d'une main, il s'accompagne de l'autre. Cela rappelle vaguement la musique nègre.

Le marquis de la Vessie est aussi un type bien connu à Paris et aux alentours. Coiffé d'un grand chapeau de paille orné de fleurs, vêtu d'une ancienne capote de garde national et d'une petite culotte jaune, il chante et vend des chansonnettes.

Il s'est fabriqué un instrument avec une vessie, un bâton et une corde de boyau ; il râcle le tout

à l'aide d'un morceau de bois terminé par un
pompon de grenadier. A chaque couplet, il interrompt sa chansonnette pour débiter des fariboles
et raconter son arrivée à Paris.

« Mon père, dit-il, m'a procuré le moyen de
faire fortune sans dépenser un sou. — Tu rentres
le soir chez toi sans bougie ; tu te précipites sur la
porte de ta chambre ; tu te cognes bien fort la figure de façon à ne voir que trente-six chandelles ;
tu empaquettes vite tes trente-six chandelles et
cours les vendre à l'épicier ; au bout de six mois,
tu possèdes une belle fortune.

» — Dans la journée, tu ramasses tous les vieux
chiffons possibles. Tu les entasses dans une
chambre sans jamais les regarder. Au bout de six
mois, tu ouvres ta porte et t'aperçois que tu as
une énorme quantité de linge d'amassé. Tu vas le
vendre et tu es millionnaire. »

Tous les gamins connaissent *le marquis de la
Vessie* ; et leur plaisir est de le porter en triomphe
sur leurs épaules pendant qu'il chante son refrain.

Dans les grandes fêtes, on admire quelquefois
le *fameux Piano à vapeur.*

Un mécanicien s'apercevant un jour que les
sons des sifflets étaient différents de tonalité

selon les machines, s'est ingénié à construire un immense instrument, auquel il a donné le nom de piano à vapeur. C'est, en effet, une machine à vapeur pourvue de trente-cinq pistons faisant l'office de sifflets : chaque fois qu'il presse sur une touche, le piston s'élève ou s'abaisse et le son se produit. Cet instrument est joué par trois hommes, qui exécutent de brillantes variations sur *le Carnaval de Venise*. Les sons ressemblent à des cris perçants — sans calembour — et quelquefois, lorsqu'il faut dégager un peu de vapeur, le bruit est si fort et si puissant, que l'on croit la machine brisée. Cela arriva un jour au champ de Mars, à la fête du 15 août. Les assistants — et ils étaient nombreux — ont été pris d'une telle panique, qu'ils se sont précipités vers la porte par crainte d'être blessés. Chacun croyait que la machine venait de sauter.

Puisque nous sommes sur les pianos, n'oublions pas le *piano de pierres*.

Les pierres chantent.
Entrez ! entrez ! Écoutez l'harmonie !!!

Un cantonnier du chemin de fer d'Orléans s'est

avisé de ramasser des silex, de les suspendre à
des cordes, de les frapper avec une baguette de
fer et de les comparer à des diapasons. A force
de recherches, il est arrivé à construire un appareil à peu près juste, auquel il a donné le nom de
Piano de pierres. Chaque silex est suspendu à
une tringle d'acier par une corde ; *les tons* sont
représentés par de grandes pierres longues ; les
demi-tons par des cailloux plus petits. Armé d'un
marteau en fer, il frappe sur chacune de ces
touches, et le son se produit semblable au bruit
que font les galets roulés par la mer.

Ajoutons que le constructeur de ce curieux instrument de musique exécute de grandes variations
sur *le Clair de la lune, Malboroug, les Petits
Bateaux,* etc. Il a refusé, disait-il il y a quelques
mois, 25,000 francs de son instrument.

J'ignore s'il les a acceptés depuis.

Au grand cirque *Loisset,* l'un des plus beaux
que je connaisse, et auquel je consacrerai un

chapitre tout spécial, j'ai entendu deux clowns
exécuter sur des pots de fleurs et sur des verres
les Cloches du monastère de Lefébure Wely.

Les pots de fleurs étaient suspendus par des
cordes à des tringles d'acier, reliées entre elles
en forme d'if, comme les lampions des illumina-
tions publiques. Le clown frappait sur chacun
d'eux avec deux bâtons terminés par une petite
boule d'acier ; et c'était vraiment chose curieuse
que de le voir se démener comme un diable en
faisant mille singeries et mille contorsions.

En face de lui, un autre clown avait disposé
environ trente verres à boire, qu'il remplissait

d'eau devant le public, et exécutait le chant avec ses doigts légèrement mouillés, qu'il passait sur le bord des verres, pendant que son camarade se livrait à des accompagnements et des variations de l'autre monde. Les verres étaient gradués d'avance : un trait de lime indiquait l'endroit où il devait cesser de verser le liquide.

Ces deux artistes ont obtenu de grands succès ; et si le cirque Loisset n'avait renfermé nombre d'autres excentricités non moins curieuses, on serait venu rien que pour entendre et applaudir ces *virtuoses du verre et du pot de fleurs, le Mano phone et le Potophone,* comme ils se nommaient.

Quelquefois les verres jouaient seuls.

Rossini, un jour, assistait à une de leurs représentations. L'artiste venait d'exécuter l'ouverture de *Guillaume Tell.*

Le maître racontait le lendemain qu'il avait entendu son ouverture fort proprement *rincée* par un clown.

Disons quelques mots du xylophone. Dans les fêtes, quelques industriels exécutaient, sur des planchettes retenues par des tringles d'acier, divers morceaux ; mais les instruments étaient faux et complétement primitifs.

Depuis, M. Bonnay a construit un xylophone d'une grande justesse, et tout Paris est allé à l'Eldorado, ou au café-concert des Ambassadeurs, entendre son fils, jeune enfant de douze ans, qui maniait cet instrument en véritable artiste.

Le fameux *sol-si-ré-pif-pan,* l'homme-orchestre chantant sur l'air d'*Armide* les vers suivants, qu'il avait composés, a été détrôné depuis. Mais avant de parler de son successeur, je tiens à rappeler sa versification :

> Malgré notre misère,
> Et tué de douleurs,
> Nous bravons, pour vous plaire,
> La honte et les malheurs.
>
> Ayez de l'indulgence,
> O mes admirateurs !
> Avec peu de dépense,
> Soyez nos bienfaiteurs.

L'homme-orchestre, de nos jours, a fait de sensibles progrès sur son prédécesseur.

Détaillons-le : .

Sur sa tête est un casque en fer-blanc, surmonté
d'un chapeau chinois ; pendant que ses lèvres
tourmentent une flûte de Pan attachée à son cou,
son bras droit, armé d'un tampon, frappe sur
une grosse caisse retenue par une ceinture et fixée
à ses reins. Au-dessus de la grosse caisse est un
tambour, que deux ficelles attachées à ses pieds
et tirées à propos font marcher à l'aide d'un
mécanisme fort simple, qui tient les baguettes
levées ou abaissées selon les mouvements des
jambes. Les genoux retiennent des cymbales, qu'il
frappe fort habillement. Au-dessus du genou, des
grelots cousus à sa culotte de peau s'agitent avec
force. Enfin, de la main gauche, il pince de la
guitare.

Dans son intéressant volume : *les Célébrités
de la rue*, Ch. Yriarte raconte, à propos de
l'homme-orchestre, une anecdote dont Lablache
a été le héros.

Un jour, aux Champs-Élysées, un promeneur
s'approcha du musicien et le contempla silencieu-
sement ; puis il lui fit suspendre son exécution,
entr'ouvrit sa polonaise et, se découvrant, il
entonna un air italien d'une voix admirablement

bien timbrée et d'une sonorité superbe ; les pas-
sants s'approchaient, les cavaliers ralentissaient
l'allure de leurs chevaux et les promeneuses, se
soulevant du fond de leurs calèches, donnaient
l'ordre d'arrêter. Bientôt on fit cercle autour du
chanteur ; les pièces pleuvaient dans le chapeau
de l'homme-orchestre.

Chacun avait reconnu l'air de *Bélisario*, et le
nom de Lablache circulait de bouche en bouche.

Ce trait fait honneur au grand artiste. — Quoi
de plus beau que le talent qui se prête ainsi en
public à une bonne œuvre ?

L'homme-orchestre récolte de nombreuses recettes ; est-ce parce qu'il fait beaucoup de bruit ?
A ce compte, je connais plus d'un opéra qui
devrait rapporter des millions à certains directeurs !

Il me souvient d'avoir entendu raconter une
anecdocte au célèbre chanteur B... Il me permettra de la citer. Se promenant un jour sur les
boulevards, il aperçut un Turc qui vendait des
sifflets et des mirlitons ; il s'approcha, et le
regardant lui dit :

— Eh ! que fais-tu donc là ?

— Tu vois, lui répondit en excellent français le

Turc, je vends des sifflets pour me consoler d'en avoir été couvert à mon début.

Le Turc n'était autre qu'un ancien élève du Conservatoire, qui, trouvant peu de profit au métier de chanteur sans talent, avait changé de vocation, et s'était affublé d'un costume turc pour débiter ses articles.

J'ai parlé plus haut du piano de pierres, c'est sans doute une invention curieuse, mais il en est une autre qui est encore plus extraordinaire; c'est un citoyen de la libre Amérique qui en est l'auteur.

C'est le piano de *Cochons de lait.*

Vous lisez bien, de Cochons de lait.

Trente-deux de ces petits animaux sont disposés dans des stalles à chacune desquelles viennent aboutir trois pointes en contact avec les parties charnues de l'animal.

Un clavier correspondant à ces pointes les met en jeu, et chaque fois que l'inventeur frappe une touche, un son se fait entendre.

C'est le cochon qui exprime, à sa manière, son manque absolu de satisfaction.

Or, savez-vous sur quel principe repose cet instrument?

L'ingénieux inventeur avait remarqué que suivant la partie du corps qu'il piquait, la tonalité du cri était différente ; choisissant donc des sujets de *voix graduée*, à trois notes chacun, il obtenait quatre-vingt-seize notes.

Il n'y a que les Américains pour trouver de pareilles excentricités.

Je crois avoir cité les principales curiosités musicales que l'on rencontre dans les foires et les fêtes populaires.

Et je ne désespère pas un jour de les voir toutes réunies ensemble dans un immense théâtre.

LUTTEUR ROMAIN

(D'après l'antique).

CHAPITRE XV

Les lutteurs chez les Romains. — Les esclaves dans l'Arène
— Le lutteur à notre époque. — Ses exercices.

VANT de pénétrer dans la baraque sur laquelle sont accolées d'immenses toiles peintes représentant de robustes athlètes, colosses aux bras nerveux, au torse de fer, qui luttent ou se disposent à s'enlacer, remontons à l'époque où l'exercice de la lutte n'était pas tombé dans le domaine du charlatanisme et de la banque, et comparons l'éclat des jeux athlétiques chez les

anciens aux maigres spectacles que nous fournissent aujourd'hui les foires et leurs tréteaux.

Et d'abord cette comparaison est écrasante !
Quels hommes ! Quelle force musculaire, quels
colosses que ces Romains, ces Thraces, qui, dans
une arène, dans un cirque s'étreignaient, écu-
mants, ne craignant ni les accidents, ni la mort,
pour recevoir des mains des matrones romaines la
couronne de feuillage ou, du questeur, la liberté !
Quelle décadence ! L'homme qui risque sa vie est
digne d'intérêt ; maintenant, pour quelques sous,
vous voyez deux hommes, le plus souvent pris de
vin, simuler une lutte vigoureuse, jusqu'à ce que
l'un des deux, à un signal donné, tombe à terre.
Convention faite d'avance, comme les drames
militaires que l'on jouait au Cirque, dans lesquels
les Autrichiens devaient toujours être battus.

Chez les Romains, la lutte était une profession.

Si l'Internationale avait existé
à cette époque, nul doute que
les lutteurs n'eussent formé
une vaste et puissante asso-
ciation. Et ces lutteurs, que
les poëtes anciens, Hésiode, Homère, Pindare,

Horace et tant d'autres, ont célébré dans des vers admirables, étaient proclamés vainqueurs à son de trompe, lorsqu'ils avaient terrassé leur adversaire. Ces combats, ces luttes terribles donnaient occasion à des paris considérables, et l'on a vu plus d'un Romain perdre sa fortune entière sur un vaincu, comme à notre époque on perd ce que l'on possède et souvent ce que l'on n'a pas sur l'as de pique.

La lutte, chez les Romains, consistait à se renverser par tous les efforts physiques possibles, mais sans coups portés à l'adversaire. On admirait l'élégance, les mouvements, la précision. La lutte avait toujours lieu sur un sol recouvert de sable, et les combattants eux-mêmes étaient frottés d'une poussière fine, *l'haphe*. Les luttes duraient quelquefois dix et quinze minutes, sans reprises, sans répit ; il fallait que l'un des deux lutteurs fût renversé, et que son adversaire l'empêchât de faire un mouvement, en lui mettant le le genou sur la poitrine.

Ces combats, comme les combats des gladiateurs, étaient un vrai régal pour les Romains ; tout ce qui, du reste, mettait la vie d'un homme en jeu était pour eux d'un attrait irrésistible. Quoi de plus palpitant que l'esclave lâché dans une arène où y bondissent quelques sauvages panthères et où deux lions rugissent ? Malheur à lui ! il va devenir la proie de ces bêtes fauves, et alors le *plaudite, cives !* — et la foule avide de sang, palpitante devant cette boucherie humaine, se lève et crie : *A un autre ! à un autre !* On cite dans l'histoire quelques rares exemples d'esclaves sortant vainqueurs de la lutte.

On leur donnait alors la liberté, et le peuple les applaudissait avec autant de frénésie qu'il en mettait à saluer les bêtes qui plongeaient leurs dents dans les entrailles du malheureux qu'elles avaient lacéré.

Mais aujourd'hui les temps sont changés.

Quantum mutatus !... Rassurez-vous, il n'y aura pas de sang ; ne craignez ni les entorses, ni les blessures, ni le moindre accident ; tout se passera avec une régularité parfaite et une précision mathématique. Le vin seul coulera, il en faut pour rafraîchir ces athlètes de théâtre.

Arrivés dans une ville ou dans un village, le chef de la bande, suivi de son personnel, commence par aller rendre visite au maire, et lui demande l'autorisation nécessaire pour bâtir le théâtre de ses exploits.

Si le maire est bien disposé, la permission est vite accordée. On dînera, on boira le soir, grâce

à la recette. Mais, si, par contre, le représentant des autorités ne juge pas convenable de donner l'hospitalité à des saltimbanques, on lui répond — poliment — que son spectacle, son genre d'exercices troubleraient le village ; que l'exemple de ses luttes peut être pernicieux pour les jeunes gens et surtout pour les jeunes filles. Et alors pas de dîner. Voilà les acrobates forcés de chercher un autre endroit plus hospitalier, possédant un maire plus accommodant.

Les autorités donnant l'autorisation, les voitures sont dételées, les pieux fichés en terre, la tente élevée; quelques planches encore, les affiches, les toiles peintes, et voilà le théâtre de la lutte. Le tambour va faire une annonce mirobolante, pendant que le personnel revêt ses maillots, que les musiciens sortent leurs instruments des sacs, et en avant la parade !

Dans un petit village, près d'Amiens, j'ai entendu un de ces lutteurs, après quelques passes exécutées en public pour attirer la foule, s'adresser au maire et à sa femme, et leur dire, de cette voix particulière au lutteur, voix caverneuse et avinée : « Allons, *si Monsieur et Madame le Maire est content (sic)*, il leur est permis de nous honorer d'un petit bravo. » Puis il entonne son porte-voix, fait le boniment d'usage, dans lequel il se reconnaît seul le premier lutteur de toute l'Europe. Il raconte ses exploits, rappelle que le prix d'entrée n'est que de 15 centimes les premières et 10 centimes les secondes ; annonce une lutte furieuse et terrible du *lutteur masqué,* propose un enjeu de 100 francs à quiconque veut *s'essayer* avec lui, et tout le monde entre au théâtre pour assister au combat. Ici nous retrouvons le même genre d'exercices que dans les autres baraques : le pitre, les chiens, le trapèze, et enfin cette fameuse lutte, du reste, fort habilement répétée et règlée, qui produit toujours un certain effet sur les badauds qui prennent fait et cause pour tel ou tel des adversaires. Il leur arrive rarement de rencontrer un solide gars qui accepte le combat : mais à ce moment ou la représentation est terminée, ou le lutteur est incapable de reprendre, pour cause de fatigue, ou à l'aide de tout autre incident, il sait se tirer de ce mauvais pas ; car malheur à lui s'il était vaincu ! le renard de la Fable ne serait pas plus honteux.

Une chose curieuse à remarquer : c'est que presque tous les lutteurs sont du Midi, et ont été ou tambours dans l'armée, ou marins. Ils meurent

jeunes, usés par les débauches de toutes sortes.
Le lutteur est cynique. De tous les saltimbanques, c'est celui que la police surveille le
plus activement. Vivant au jour le jour, mangeant en une heure ce qu'il a gagné dans sa
journée, le lutteur est sans cesse en dispute avec
ses employés, soit qu'il ne les paie pas, soit que
la pitance du repas soit insuffisante à leurs robustes appétits. Mais il les calme vite à l'aide d'un
ou deux brocs de vin, pour recommencer le lendemain les mêmes discussions. Somme toute, le
lutteur des foires n'est qu'un triste parodiste. Il
est violent, hautain, vindicatif. A force de répéter
qu'il est le premier, il finit par le croire.

Comparez maintenant les athlètes de Rome et
jugez.

L'HOMME-CANON

(D'après nature).

CHAPITRE XII

Un Lutteur terrassé. — L'exercice du Canon. — Lever des poids de 100 kilogrammes. — Les pierres cassées. — Un duel peu dangereux. — L'Homme incombustible. — Une Mâchoire d'acier.

 ANS le chapitre précédent, j'ai cherché à faire ressortir autant que possible où en étaient arrivés les lutteurs des foires, comparés aux athlètes et aux lutteurs de l'antiquité. Chacun a pu être témoin de leur décadence.

Je vais maintenant, par quelques traits rapides, indiquer les moyens employés par ces colosses des baraques pour tromper le public et le laisser dans l'assurance la plus complète qu'il sont doués d'une force et d'une vigueur prodigieuses.

A ce sujet, je citerai une anecdote dont je garantis l'authenticité, la tenant de la bouche même de celui qui en a été le héros.

C'était l'année dernière, à la foire d'Amiens, qui, on le sait, est une des plus belles de France, fête à laquelle tous les saltimbanques, grands et petits, se donnent rendez-vous, et dont l'emplacement occupe sur le champ de foire un espace immense. On avait élevé une baraque, et d'énormes affiches annonçaient au public une représentation de luttes extraordinaires. La foule se pressait compacte dans le théâtre, et le chef de la bande contemplait avec douceur les mignonnes pièces d'argent apportées dans sa caisse par les curieux. Hélas ! son triomphe ne devait pas être de longue durée. Après quelques luttes et quelques exercices entre les artistes de la loge, le chef s'avança vers le public, d'un air fier et assuré, tenant, d'une main, un billet de 500 fr.—véritable, —et, de l'autre, un caleçon. Puis, s'adressant à la foule, il jeta un défi à celui qui oserait lutter avec lui. Les 500 fr., s'il était vaincu, devaient revenir à son adversaire.

Un ouvrier serrurier, nommé Damé, sorte de colosse, solide, membré en Hercule, s'avança hardiment dans la lice et accepta le caleçon. — Accepter le caleçon dans une baraque de lutteurs, c'est, pour les gens du monde, relever le gant, le défi. — Le saltimbanque s'arrêta étonné, mais, après quelques plaisanteries à l'égard du serrurier, il présenta ses bras et la lutte commença.

Povero, il avait affaire à une forte partie, car en deux tours de main il était à terre, incapable

de faire un mouvement, immobile sous le genou
du robuste serrurier. Il lui fallut donner les 5oo fr.,
honteux, confus, *coram populo*, entendre les
sifflets de la foule, et assister au triomphe de
Damé.

Le lendemain, deux ou trois des lutteurs de la
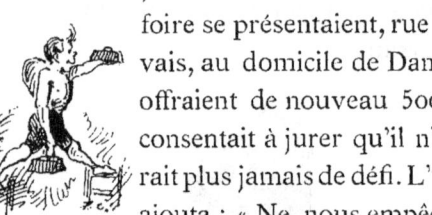
foire se présentaient, rue de Beau-
vais, au domicile de Damé, et lui
offraient de nouveau 5oo fr., s'il
consentait à jurer qu'il n'accepte-
rait plus jamais de défi. L'un d'eux
ajouta : « Ne nous empêchez pas
de gagner honnêtement notre vie. »

Le serrurier accepta, jura et encaissa les
5oo fr.

En voilà un qui peut remercier le ciel de lui
avoir donné une force pareille.

Les lutteurs avaient trouvé leur maître, et le
lendemain cette histoire faisait le tour d'Amiens.

Depuis, les saltimbanques qui ont le moins de
succès, comme public et comme recette, ce sont
les lutteurs, et pour cause.

Il serait trop long d'énumérer les moyens dont
disposent ces athlètes du maillot pour donner
le change aux spectateurs.

Voyez-les dans une baraque, ils sont quatre à soulever un canon énorme ; leurs nerfs sont tendus, la sueur ruisselle sur leur visage, le public applaudit. Quelle force ! quelle vigueur ! Mais quelle désillusion pour quiconque verrait, le soir, un enfant de dix ans prendre tranquillement le canon d'une main et le ranger dans un coin ! Il me souvient d'avoir entendu un de ces athlètes de carton s'écrier : « Cette expérience, messieurs, a été présentée pour la première fois devant S. M. la reine d'Angleterre, qui nous a fait supplier *par son valet de chambre (sic)* de ne pas la recommencer, de peur d'accident. » C'est splendide ! de peur d'accident !

Et les poids de 100 kilos qu'ils soulèvent aussi facilement que nous levons une bille de billard, et les masses énormes de fer qu'ils portent avec leurs dents, sans les briser, — au contraire ! A tous ces exercices, la foule se laisse prendre, comme les corbeaux dans les cornets enduits de glu, vrai troupeau de bons croyants qui admirent et s'étonnent, et qui, dans quelques années, répéteront à leurs petits-enfants qu'ils ont vu des hommes soulever des voitures et porter à bras tendus des centaines de kilos de fer.

Pénétrons dans les coulisses pendant la représentation, et cotons à sa juste valeur celle de ces baladins du biceps.

Voyez sur le théâtre ces poids énormes, que

trois hommes essayent de bouger ; ils sont en fer et pèsent au moins 70 ou 80 kilos. Eh bien, ces poids que trois hommes ne peuvent remuer, un seul les saisit et jongle avec, comme si c'était du bouchon. Puis il les laisse tomber de toute sa hauteur, ébranlant par ce choc le plancher et le théâtre. Applaudissez donc bien fort, badauds ! Mais venez avec moi et admirez dans les coulisses cette énorme masse de fer suspendue par une poulie et qu'un servant intelligent laisse tomber à terre juste au moment où, devant le public, le lutteur rejette le sien. — Oui, mais à quoi bon ? direz-vous. — A quoi bon ! — Tout simplement parce que le sien est en carton.

La même fourberie est employée par les poids soulevés avec les dents. Et les pavés fendus

d'un coup de poing, donné avec une vigueur
d'Hercule, masses de pierre séparées déjà en
deux au moment où on les apporte, quelquefois
on a eu soin de les chauffer dans un four à plâtre
pendant vingt-quatre heures ; ainsi préparées, le

moindre choc peut les briser. Un jour, la maladresse des deux accolytes qui portaient le pavé
devant le public, et qui le laissèrent tomber, me
réjouit étrangement. Il se sépara, mais la foule
n'y vit rien. Un saltimbanque, s'il n'avait deux
cordes à son arc pour se tirer d'un mauvais pas,
cesserait d'être saltimbanque.

Parmi les exercices du lutteur, j'ai oublié de
citer ceux du lutteur masqué, qui, naturellement,

gagne à tout coup, comme au jeu de macarons,
et ceux du combat au fleuret; mais cette dernière
lutte est peu intéressante : toujours des défis.
Souvent c'est une femme qui *s'essaye contre un*

professeur d'escrime, qui a toujours battu les premières lames de la capitale ! Sa poitrine est presque nue, tandis que l'adversaire a endossé un
.épais plastron; son fleuret est boutonné à l'ordinaire, tandis que celui de son rival se termine par
une grosse boule de fer, qui ferait un mal terrible
à la pauvre femme s'il la touchait. Mais... cela
n'arrive jamais. C'est toujours l'homme, pardon,
son plastron qui reçoit tout, et la foule de croire
que c'est réellement sérieux.

Dans ces baraques, on voit souvent *un artiste*,
habillé en général polonais, marchant sur des
barres de fer rouges, les saisissant avec ses mains

jonglant avec et se les *passant sur la langue (sic)*.
Plusieurs procédés chimiques, de l'alun, du savon
et bien d'autres corps empêchent les brûlures. Ce

genre de spectacle est répugnant. Eh bien, c'est un de ceux que les assistants voient avec le plus de plaisir, tant il est vrai que les exercices grossiers ont sur la foule plus d'attrait que les amusements intelligents et distingués.

J'ai assisté, place Clichy, aux exercices d'un solide gaillard, qui soulevait avec les dents un tonneau supportant un homme et 6 poids de 40 livres. Il ne commençait pas avant d'avoir reçu 15 francs et ne lâchait pas le tonneau, qu'il enlevait du reste avec une grande facilité, avant que le public ne lui *ait fait* 6 francs.

Pour arriver à soulever et tenir cette masse, le saltimbanque appuyait l'extrémité inférieure du tonneau sur une ceinture formant bourrelet et parfaitement fixée à ses reins : les poids étaient placés de façon à ce que la ligne de force fût bien perpendiculaire sur l'extrémité du tonneau, ce qui, naturellement, rétablissait l'équilibre et allégeait d'autant le fardeau. Cet exercice est un des plus forts que j'aie vu exécuter.

Il fallait voir le cou de cet homme, les veines tendues, les yeux injectés, les muscles roides, lorsqu'il tenait le tonneau entre ses dents, c'était vraiment horrible.

Un jour un maçon, pris de vin, paria qu'il en ferait autant ; il s'approcha, prit le tonneau avec les dents, fit un effort, et releva la tête violemment, croyant enlever la masse, mais il retomba baigné de sang. Il s'était brisé la mâchoire. Transporté à la pharmacie voisine, où il reçut les premiers soins, il s'écria dès qu'il eut repris l'usage de sens, en montrant le poing à *dents de fer* ?

— Attends un peu, toi, tu verras comme je vais te faire un procès pour employer des poids en vrai ; moi qui croyais que c'était en carton *(sic)*.

Mais... en voilà assez sur les lutteurs. Si l'un d'eux tombe sur ces lignes, je suis un homme perdu. Bast! j'en dirai bien d'autres dans le cours de cette publication. Aussi, dorénavant, aurai-je bien soin de garder mon incognito lorsque je retournerai à une fête et qu'il m'arrivera de monter dans la baraque de l'un de ces industriels du pavé.

LE LUTTEUR MARSEILLE

(D'après nature).

CHAPITRE XIV

La Famille Marseille.

ÉNÉRALEMENT, dans les fêtes auxquelles se donnent rendez-vous les saltimbanques ; les loges des lutteurs sont placées les unes à côté des autres ; est-ce une précaution de la police qui, les tenant ainsi tous sous la main, peut les surveiller plus facilement ; est-ce une entente des seigneurs et maîtres de ces baraques, cherchant à se faire mousser l'un l'autre. C'est ce que nous ne saurions dire.

La loge du lutteur est spacieuse, couverte de
toile ; un escalier en bois mène au bureau où se
délivrent les billets ; un second escalier conduit
au théâtre, si l'on peut appeler théâtre la place ou
s'asseyent les spectateurs, et l'arène où se livrent
les terribles combats.

Une toile barbouillée par un artiste spécial, qui
n'a pas oublié de signer son nom et son adresse
dans un coin, représentant un hercule portant un
canon sur l'épaule, est appendue à la porte ; à
gauche, une autre toile, sur laquelle le peintre

complaisant a imaginé un hercule soulevant une voiture et six cuirassiers, rivalise avec la série d'affiches collées à droite, sur une immense planche. Les affiches donnent tous les détails possibles sur les exercices des luttes ; les noms des artistes y sont imprimés en gros caractères.

Sur le haut de la baraque, une longue bande de calicot s'étale pompeusement, solidement fixée à droite et à gauche. C'est généralement l'annonce de l'établissement.

Ici, Luttes athlétiques
Grande loge des Lutteurs du XIXe siècle
Au tombeau des Hommes courageux
et solides!!!

Sur les tréteaux, un pitre débite quelques niai-

16

series et distribue le programme du jour, — le programme du jour sert pour toute une année. Prenons-en un et lisons-le. Nous avons eu la main heureuse, nous sommes devant la loge de la famille *Marseille*.

Une fois les programmes distribués, Marseille, l'invincible Marseille pénètre sur les trétaux suivi des cinq ou six artistes de la loge.

Ils se rangent tous à droite de leur maître, pendant que de l'autre côté, le pitre, leurs femmes, et un homme d'un certain âge, en redingote, s'alignent avec un ensemble parfait. C'est le côté de la musique. Mme Marseille sonne la cloche; le

FAMILLE MARSEILLE

UNION ET COURAGE

GRANDES LUTTES
ATHLETIQUES
SOUS LA DIRECTION DE
M. MARSEILLE Jeune
Le Lion de la Palud
Premier Champion des Arènes de la rue Lepeletier, 51, à Paris
et des principales villes de France

MARSEILLE et **LUCIONI** sont ici en personne !!!
Les hommes forts, professeurs d'escrimes !!!
RÉFLÉCHISSEZ BIEN... avant de vous mettre en défi
car ils sont sans pitié ni miséricorde !

RÉFLÉCHISSEZ BIEN ?

PROGRAMME

GRANDES LUTTES ENTRE LES HÉROS DE LA LUTTE
LE JONGLAGE DES POIDS DE 40 LIVRES
Par M. Anatole

SÉANCE D'ESCRIME
Par M. Ernest

L'EXERCICE DU BOULET
Pesant 22 kilos
Reçu de 5 mètres de distance, à bras tendu, dans l'entonnoir

LA PROMENADE DU TRIOMPHATEUR
M. Marseille enlèvera un char monté par 15 personnes

LUTTES COURTOISES
Avec messieurs les amateurs.

GRAND ASSAUT D'ARMES
Offert par
Mme Marseille, qui fera une partie de pointe avec M. Charles

SPECTACLE VARIÉ
Premières 30 c.; Secondes 15 c.; LE SOIR : Premières 1 f.; Secondes 50 c.

pître joue du tambour ; l'autre femme frappe sur une grosse caisse, et l'homme exécute d'interminables trémolos sur un triangle. C'est charmant !

Marseille est vêtu d'un maillot en soie rose et d'un caleçon bleu de même étoffe, avec des franges d'or ; il porte en sautoir une écharpe sur laquelle une écusson aux armes de Lyon, rappelle ses succès dans cette ville. Seulement, comme il fait froid, et que le costume n'est pas précisément tout ce qu'il y a de plus chaud : il s'est négligemment jeté un pardessus pluché sur les épaules. Ses cheveux noirs, peignés *à la chinoise*, flottent au vent. Ses pieds sont enfermés dans des bottines rouges à frange d'or.

Marseille est grand et fort ; bâti en véritable hercule : ses biceps, lorsqu'il plie le bras, feraient craquer la soie de son maillot, si ce dernier n'était taillé de façon à laisser aux muscles la possibilité de se développer sans accident. Ses mains sont larges, épaisses ; ses mollets, développés d'une manière exagérée, offrent une masse de muscles et de chair, semblables à une boule. Marseille est jeune, il porte la moustache ; ses yeux sont noirs. Sa figure est régulière ; quand il parle, son accent trahit suffisamment son origine. Voilà le héros du biceps, un des derniers lutteurs de nos jours et qui mérite bien une visite.

Il va emboucher son porte-voix ; il boutonne son paletot, se campe fièrement sur le jarret gauche, fait un geste, auquel nous applaudissons tous, car il nous délivre de cet infernal charivari musical, et, après avoir contemplé la foule, s'écrie :

« — Allons ! allons ! vous tous. Entrez chez moi ! Entrez ! Et dépêchons-nous, car tout à l'heure, il n'y aura plus une seule place de libre ! Ah ! c'est qu'ici on ne badine pas. C'est moi Marseille, le terrible. Et chez moi, ce n'est pas comme à côté, où il y a des compères. On lutte honnêtement ici, et les vainqueurs sont récompensés. Les voilà ces héros ; regardez-les ! quels hommes ! Hein ! Sont-ils solides ! Allons, qui veut lutter ! C'est 6 sous les premières, 3 sous les secondes : Ceux qui luttent ne payent pas. Entrez ! Entrez ! En avant la musique. »

Reprise du charivari ! Boum ! boum ! dzing ! Tin tin ! Ramplanplan ! Pendant que le pitre a donné à Marseille six gants.

« Assez de musique, les enfants, et pressons-nous. — Allons ! qui veut lutter avec moi. J'offre 5oo francs à celui qui me tombe *(personne ne se présente)*. Qui veut lutter avec Lucioni ?— Vous ? Tenez, prenez le gant. — Qui lutte avec M. Anatole ? Allons, contre M. Anatole ? *(Pause)*. Vous ? Allez ! blanc-bec, prenez-le gant, et préparez-vous à être rincé.

« Et maintenant : entrez ! C'est l'instant, c'est le moment. L'honneur de votre présence, Messieurs !... Allons la musique, et enlevez-moi çà carrément. »

Sur ces derniers mots, notre héros se place devant la porte d'entrée, relève le rideau, et fait descendre ses hommes dans l'arène. Le public gravit les marches, et pénètre à son tour.

Quand tout le monde est assis, le spectacle
commence.

Ce sont d'abord les exercices de la canne, exécutés par M. Lucioni et un voltigeur. Ce dernier,
malgré son adresse a trouvé son maître, et il reçoit plus de coups qu'il n'en porte à son adversaire. A chaque coup reçu par le soldat, Marseille qui préside, s'écrie d'un ton moqueur :

« Allons messieurs ! un petit bravo pour l'a-
mateur. »

Après la canne, c'est le tour de l'escrime.

M. Ernest, *professeur des Salles de Paris*,
salue son adversaire, — c'est encore un militaire,
— et le combat commence par un *mur courtois.*
Maintenant, voyons quel est le plus fort en escrime. En trois coups de bouton : comptons
bien

« Touché, à moi! s'écrie le militaire.

— Touché, riposte M. Ernest.

C'est là le début du combat ; les adversaires sont d'égale force, et la lutte pourrait durer long-temps, si le militaire, profitant d'un mouvement où, par deux fois, M. Ernest s'est découvert, ne lui portait deux bottes successives. M. Ernest, malgré sa défaite, tend la main au militaire, et ce dernier va, aux applaudissements de la foule, remettre son uniforme pendant que le malheureux professeur s'esquive au plus vite, pour ne plus reparaître, durant toute la séance.

« Maintenant, messieurs, on va continuer par le jonglage des poids de 20 kilos, par M. Anatole. »

M. Anatole se présente, salue son monde, place devant lui trois énormes poids et, les saisissant, les lance en l'air, les rattrape par l'anneau ou par le bord. De temps à autre, le public l'encourage par quelques applaudissements.

Mais Anatole vient d'emprunter un mouchoir.

Que va t-il faire ? Il attache les trois masses de fer
ensemble en passant le foulard dans chacun des
anneaux, fait un nœud solide, et enlève le tout
avec les dents, puis il les reprend et les lance
par-dessus son épaule pour les rattraper de la
main droite, puis de la main gauche. Sur ces
entre-faites, le gros monsieur que nous admirions
tout à l'heure au moment de la parade, quand il
tourmentait son triangle, descend à son tour
dans l'arène et entame la conversation avec
M. Anatole.

« Eh bien, petit, ça va-t-il aujourd'hui ?
Allons, je vois avec plaisir qu'il n'y en a pas encore un de ta force. Voyez, messieurs, la vigueur
et la constitution du sujet. Et dire que c'est moi
qui ai donné le jour à tous ces enfants-là ! —
Maintenant *sa* dernière exercice, et si vous êtes
satisfaits, je réclame à votre bon cœur un petit
bravo. »

A ce moment, M. Anatole saisit un essieu de
voiture, en fonte, le lève à bras tendu, pendant
que, de l'autre main, il porte les poids avec lesquels il jonglait il y a quelques secondes. Cette
fois le public est entraîné, et ce dernier exercice de l'hercule est vigoureusement acclamé.

« Maintenant, messieurs, à nous les lutteurs ! »

C'est d'abord un homme d'une quarantaine
d'années, grand, fort, puissant, qui commence la
série de ces luttes *sans pitié*. Son adversaire, un
des hercules de la troupe, lui donne la main, signe de respect et d'amitié, et le combat commence. C'est à qui saisira le mieux son adversaire
pour lui faire *toucher* les épaules : Il faut les voir
ces deux hommes, se roulant à terre, enlacés l'un
dans l'autre, semblables à une masse de chair uniforme, l'œil en feu, les muscles tendus, cherchant
par tous les efforts possibles à se renverser l'un
l'autre. Il faut les voir, couverts de sable, le corps
meurtri par place, profitant de leurs faiblesses
mutuelles, pour se saisir violemment et s'agiter,
comme on agiterait un roseau ; mais la lutte est
longue, ils se relèvent, il faut reprendre haleine :
ce sont des lutteurs de force égale.

« Mors-le, hurle Marseille, et tombe-le. Ici,
messieurs on ne roule personne : le premier de
mes hommes qui tombe je le mets à la porte. C'est
notre métier et ça marche comme ça. »

Sur ces dernières paroles, les combattants ont
repris leur lutte. Ah ! voici l'amateur à terre : ses
mains et ses genoux vont à droite et à gauche,
comme les pattes d'une grenouille qui nage (*de là
l'expression faire la grenouille*) ; le lutteur le
saisit par le corps, et va le retourner ; mais ce n'est
pas encore cette fois qu'il réussira. Son adversaire
a fait une culbute sur la tête à se rompre le cou,
et il se retrouve dans la même posture. Il faut
cependant en finir. Le lutteur commence à s'im-
patienter, et il tente un suprème effort. Enroulant
ses bras autour du corps de l'amateur, comme
une pieuvre qui enlacerait les jambes d'un baigneur, et le serrant de toute la force de ses muscles, il le fait rouler sur lui-même. L'adversaire
oppose toute la résistance possible, il se cram-
ponne au sol, contrarie les mouvements, cherche
à se débarrasser des deux bras qui l'étouffent ;
mais ses efforts sont inutiles, il faut qu'il succombe, et le voilà couché sur les épaules, immobile, inerte, rouge, respirant à grand bruit, cou-

vert de sueur et de poussière. Le vainqueur lui tend la main, le relève et s'en va mettre son maillot, sans paraître même fatigué de cette lutte pénible.

La foule enthousiasmé applaudit vivement; quelques-uns vont serrer la main au rude champion de l'athlète, et c'est au tour d'un autre.

Huit jours après, l'amateur d'aujourd'hui s'est fait lutteur. Marseille a reconnu en lui une énergie et une force peu communes, et il l'a engagé. Voilà où l'amour d'un amusement peut entraîner. Saltimbanque, car il l'est maintenant, il va entrer dans la grande famille des banquistes : il payera sa bienvenue aux camarades, les suivra dans leurs périgrinations. Saltimbanque, il a donné à la société le droit de le mettre au rang

des bateleurs et des pîtres ; mais ces pensées, il
les repoussera facilement de son esprit : Dieu
veuille qu'un jour il n'en vienne pas à regretter
l'atelier où il travaillait, et qu'il ne déplore ce jour
de folie dans lequel il a abdiqué tout orgueil et
toute pudeur.

Mais revenons à Marseille.

C'est à son tour de lutter.

Déjà il a terassé son adversaire, et la foule
l'acclame :

Mais que lui importe ce triomphe.

A vaincre sans péril, on triomphe sans gloire...

Marseille le sait, et cette victoire facile ne lui
a guère profité. Aussi s'esquive-t-il sans même
sembler donner grande attention aux nombreux
bravos qui accompagnent sa sortie.

Le spectacle est terminé ; le papa s'écrie d'une
voie de stentor.

« Allons, messieurs à droite et à gauche au
bureau. » Et la foule disparaît peu à peu, discutant sur l'adresse et la force des combattants.

Quand on pense que, en une journée et une
soirée, on donne dans les loges de luteurs, environ 150 représentations, et que chaque fois la
troupe des athlètes accepte les défis et lutte sans

paraître fatiguée, on peut sans peine qualifier ces hommes, d'*hommes de fer*; mais aussi, le soir, le dernier combat terminé, avec quel bonheur ils vont retrouver leur voiture roulante, leur lit et le sommeil réparateur de leurs fatigues.

On reproche au lutteur de trop s'enivrer. C'est vrai, mais ces exercices, ces combats, donnent soif, et la seule boisson qu'ils puissent prendre c'est du vin. Il est certain qu'ils en abusent trop.

M. Prudhomme leur disait :

« Prenez-donc du café, c'est bon et réconfortant, et vous serez de magnifiques lutteurs. »

Il pourrait bien avoir raison, cet excellent M. Prudhomme ; mais je ne crois pas que ce soit l'avis de ces messieurs.

Qui n'a connu à Paris Rossignol-Rollin le lutteur des lutteurs.

Rossignol a été comédien : les Variétés servirent de théâtre à ses débuts, et il eût même quelques succès dans les divers actes qu'il joua, entre autres, en 1846, dans *Pierre Février*.

L'exercice de la lutte le passionna alors, il se mit à la tête d'une troupe de lutteurs et donna des représentations en province et à l'étranger.

Chacun se rappelle ces affiches tricolores sur lesquelles se détachaient en grosses lettres ces mots :

Paris, Rossignol Rollin te possède.
Il est dans tes murs et te salue,
Quels succès ! Quels athlètes ! Quels colosses !

J'ai cru devoir rappeler Rossignol Rollin, comme souvenir. Je me souviens d'avoir assisté à une de ses luttes rue Lepeletier ; mais il y a long-temps de cela, et je ne l'ai pas assez connu pour en parler plus longuement

Je crois devoir également reproduire l'annonce suivante, que j'ai copiée à Amiens, sur une affiche accolée à l'intérieur d'une loge de lutteurs. Le style en est fleuri ; jugez-en.

VILLE D'AMIENS

ARÊNES ATHLÉTIQUES
Sur le Champ de Foire, boulevard Saint Charles.

Ouverture des bureaux à 8 h., on commencera à 8 h. 1/2

Aujourd'hui Vendredi 16 Juillet 1869

GRANDE LUTTE
DEMANDÉE

Debout ! debout! CRESTE Jeune ! vous êtes rétabli et aujourd'hui vous vous sentez plus de vigueur et d'énergie que jamais, et vous en avez besoin ; car, pour votre début, vous allez avoir affaire à un rude adversaire.

DUMORTIER, l'agile Lyonnais, un des premiers lutteurs en grande réputation, vient vous provoquer ; vous connaissez sa valeur, car déjà à Lyon, à Marseille, à Lille, etc., vous vous êtes trouvé aux prises sur le tapis avec ce redoutable adversaire. Vous connaissez sa force, à vous de vous en défendre. DUMORTIER, le roi des lutteurs, l'athlète académique, va se mesurer contre vous ; vous êtes jeune, mais votre nom est déjà répandu dans toute la France. Cette lutte sera un fleuron de plus à votre couronne, nous savons tous que vous êtes un lutteur sérieux. Notre impartialité nous empêche de faire des vœux pour vous, mais ce soir, sur le tapis, noble Athlète, soyez digne de la réputation que vous avez acquise.

C'est à toi, public Amiénois, amateur passionné de ces luttes gigantesques, que nous dédions cette rencontre sans égale.

Sois juste et généreux, réponds à notre appel.

Mlle LODOISKA, maîtresse d'armes de Paris, invite les amateurs et prévôts de la ville et de la garnison à venir se mesurer avec elle.

Dans cette séance, M. DUBOIS luttera contre M. SAUCOURT, de Paris, et M. ARPIN luttera contre MM. LEBLANC et FREIN dit Cavalier.

PRIX DES PLACES : Entrée 50 cent., chaises, 1 franc.
Tous les jours, leçon de Lutte, de 10 heures à 4 heures.

NOTA. — M. DUBOIS, durant le cours des représentations qu'il aura l'honneur de donner dans cette ville, ne négligera rien pour satisfaire le public, par la variété des exercices et le travail surprenant de tous les Artistes.

Souvent les défis se font de lutteur à lutteur par lettre publiée sur les affiches.

En voici un échantillon :

C'est un défi porté par *l'homme masqué* à Marseille.

Je reçois à l'instant la lettre suivante :

« Monsieur MARSEILLE,

« Depuis quelques jours, j'ai appris que vous
« luttiez à Versailles ; je voudrais bien me mesu-
« rer avec vous. Si vous voulez m'afficher dans
« le Théâtre des Variétés, mardi soir, c'est là que
« je me mettrai devant vous pour vous disputer
« le droit de premier champion. Je serai présent,
« sans faute, au Théâtre des Variétés.

Je vous salue, L'HOMME MASQUÉ. »

M. MARSEILLE

Accepte la proposition de

L'HOMME MASQUÉ.

L'HOMME MASQUÉ noir des
Arènes de Paris.
luttera contre M. MARSEILLE jeune, le Lion
de La Palud.

17

« Messieurs, voici la grande journée aux révé-
« lations athlétiques, la journée décisive où les
« vrais amateurs de luttes sérieuses sauront
« tout, car dans ce jour seulement, ils verront
« où est le vrai mérite et le fond de chaque
« Athlète, car il faudra lutter, lutter sans com-
« plaisance et sans félonie, lutter avec l'énergie
« loyale et toute la puissance que les hommes
« aux muscles d'acier, aux torses houleux,
« aux cous de taureaux, aux biceps entrelacés
« comme des barres d'airain peuvent montrer
« au jour décisif. Ah! celui qui emportera le
« titre de premier champion l'aura bien gagné. »

La lutte a eu lieu au théâtre des Variétés à
Versailles ; c'est Marseille qui en a été le héros.

TYPE D'UN MUSICIEN A LA PARADE

CHAPITRE XV

La musique sur les tréteaux. Composition d'un orchestre. — De l'instruction musicale. — Type du musicien chez
les lutteurs.

ᴇs affiches placardées à l'a-
vance dans la ville, les immenses toiles bariolées de
couleurs , représentant le
portrait des artistes de la
loge, le boniment fait sur les
tréteaux, tout cela ne serait
pas suffisant pour attirer la
foule et réunir les badauds,
si un auxiliaire plus fort et
surtout plus puissant ne
venait en aide à tous les saltimbanques pour

rassembler le monde. Cet aide, vous l'avez
deviné, c'est la musique. Quand je dis la musique, c'est par extension, car on ne peut décemment qualifier ainsi la cacophonie, produite par
une bande d'instrumentistes qui soufflent, suent
et s'escriment sur des basses, des pistons et des
ophicléides. Et l'on prétend que la musique et
l'harmonie, élèvent les cœurs et nous font
éprouver mille sensations de diverses natures,
plus agréables les unes que les autres?

Regardez-les, ces musiciens des tréteaux; ils
sont là six : une petite clarinette, un piston, un
trombone, un ophicléide, le tambour et la grosse
caisse de rigueur; ils ont des casquettes à galons

dorés, comme les orphéonistes les plus sérieux ;
ils jouent des pas-redoublés, des marches, des
polkas sur des cahiers. Ce serait à croire que, cela
leur servant à quelque chose, ils exécutent au
moins les notes écrites sur ces cahiers. Pas du
tout : le cahier n'est qu'un prétexte. Ils l'ont parce
que cela fait bien ; mais peu leur importe qu'il soit
à l'envers, ou que pendant deux heures il reste à
la même page. Je crois même que beaucoup
parmi eux ignorent ce qu'est une blanche, une
ronde, un dièse ou un bémol. Il est vrai, direz-
vous, que, pour être saltimbanque, on n'a nullement besoin de connaître tout cela, et que si ces
virtuoses avaient passé par le Conservatoire, ils
aspireraient plus haut et ne monteraient pas sur
les tréteaux, à côté du pître. Soit, mais s'ils ne sortent pas du Conservatoire, s'ils n'ont pas suivi
des cours réguliers, croyez bien qu'ils n'ont pas
appris comme cela, tout seuls, par la simple opération du Saint-Esprit, les morceaux qu'ils jouent
je devrais dire qu'ils écorchent. — Ils ont eu des
maîtres. Et voici lesquels.

Personne n'ignore comment se fait l'instruction
musicale de ces petits Italiens qui viennent tous les
jours nous offrir, dans nos cours un concert

auquel prennent part, le plus souvent, un violon,
une harpe, quelquefois une flûte ou une clarinette.
Des professeurs, moyennant quelques sous, leur
serinent, c'est le mot, quelques airs, quelques polkas, quelques motifs en vogue. Ils font la classe à
dix, à quinze violons, leur enseignant à tous la
même chose, puis ils font étudier les harpistes,
leur apprenant l'accompagnement des mêmes
airs, et enfin viennent les flûtes ou les clarinettes,
qui subissent un traitement semblable. Lorsqu'ils
connaissent *leur affaire*, le maître les fait jouer
ensemble, et sitôt qu'ils sont jugés capables de
nous écorcher les oreilles, de nous empêcher de
travailler, on les laisse s'accoupler, et les voilà

partis, selon leur inspiration, se répandant dans les quartiers de Paris qu'ils choisissent. C'est de la même façon, que l'on élève les *instrumentistes* qui feront partie d'une loge de saltimbanque. Et le directeur de la loge, en relation avec les professeurs, contracte avec ses élèves des engagements, comme le font les artistes de l'Opéra ou des Italiens.

Mais ces musiciens par eux-mêmes sont peu intéressants; à chaque séance ils exécutent les mêmes morceaux, et lorsqu'ils rentrent dans la loge, encore les mêmes morceaux, et toujours les mêmes morceaux.

Cela rappelle Bilboquet et son patron.

« Allons, fiston, prends ton ophicléide et fais-leur de la musique.

— Mais patron, je ne connais qu'une note, le
si bémol.

— Eh bien, fais-le ce *si bémol*, fais-le long-
temps... pour tous ceux qui l'aiment. »

Le lutteur pense que la musique est indispen-
sable à ses exercices. Et pendant le temps que

dure la lutte, une psalmodie traînante, grave,
tient les spectateurs en suspens. Puis, peu à peu,
à mesure que les combattants s'échauffent, les
accords deviennent plus forts, plus bruyants, et
lorsque enfin l'un des deux adversaires est
terrassé, une marche triomphale proclame la
victoire, et salue le vainqueur. Le public, exhalté
alors par les accords de ces énergumènes, applaudit; il suffit de deux mains qui battent avec
conviction pour entraîner toutes les autres.

Le type de ces musiciens n'est pas bien curieux.
Ils portent presque tous des lunettes; amère déri-
sion : pour laisser croire au public qu'ils lisent la
musique; et malheur à quiconque leur dirait que
c'est par routine qu'ils jouent, et qu'ils ne connaissent rien à la lecture des notes, des clefs et des
accidents. Ah ! pardon, les accidents ils les connaissent à fond, car les fausses notes, les couacs,
les canards, et *aultres gentillesses*, s'en donnent
à cœur joie.

Ces musiciens sont cependant bien payés; ils

suivent les lutteurs dans leurs pérégrinations et font partie de la grande famille. Ils gagnent en moyenne, selon les recettes, 6 ou 7 francs par jour. Avec cela ils se nourrissent, se désaltèrent et s'entretiennent. Dans la baraque il ne sont nullement tenus en considération. Le matin ils aident à nettoyer les quinquets, à déplier la tente ou à balayer l'arène. Ils vivent entre eux et font presque corps à part avec les artistes de la loge.

Bilboquet en parlant d'eux disait : « Des musiciens, ah ! fi donc, j'aimerais mieux être banquier .. »

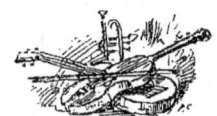

PORTRAIT D'UNE GROSSE FEMME

CHAPITRE XVI

LES GROSSES FEMMES.

La belle Vénitienne. — Mlle Thérésa. — La jeune colosse Parisienne. — La belle Circassienne. — La jolie Alsaciennne. — La belle et jeune Italienne. — La duchesse Mariana.

ᴀɴꜱ les fêtes populaires, les loges que le public visite avec le plus de curiosité, sont sans contredit celles des *grosses femmes,* et cela se comprend.

Le sexe faible prenant des proportions de forces demesurées, devient un attrait puissant pour nos yeux, d'autant plus que souvent les

femmes sont fort jolies et j'en connais plus d'une
qui a fait battre bien des cœurs. Sans pouvoir
citer toutes les grosses femmes qui s'exhibent
dans les fêtes, je puis signaler les plus inté-
ressantes : et leurs prospectus mêmes permet-
tront aux lecteurs de se rappeler qu'à tel où tel
endroit ils les ont admirées.

Voici Mlle Thérésa :

On le voit, les proportions sculpturales de
Mlle Thérésa, peuvent défier le ciseau de Phidias ;
et ce n'est pas peu dire, car Mlle Thérésa est d'une
puissance, et d'un embompoint énormes.

Allons, avis aux statuaires ! Ils ont devant eux
un modèle bien excentrique. S'en trouvera-t-il
un qui acceptera le défi de Mlle Thérésa ?

CHAMP DE FOIRE

Beauté,... Grâce,... Jeunesse...

EXHIBITION UNIQUE

DES DEUX BELLES

VÉNITIENNES

Colosses géantes extraordinaires

Les plus BELLES femmes de l'univers

MLLE THERESA

Est âgée de 20 ans

La beauté, les proportions sculpturales de Mlle Thérésa ont plus d'une fois inspiré nos Artistes Florentins et de toute l'Italie. La beauté antique se trouve réunie dans toute sa personne et peut encore défier le ciseau de Phidias. Cette jolie et belle personne a parcouru les principales villes d'Europe avec un succès sans égal.

ON OFFRE TOUJOURS

10,000 FR.

à la personne qui pourra la rivaliser dans tout son ensemble: car il n'y a rien de commun avec ce qui a été vu jusqu'à ce jour.

18

Remarquez que l'on offre *toujours* 10,000 fr. à celles qui pourront rivaliser avec Mlle Thérésa, *dans tout son ensemble.*

Le Barnum qui la montre nous a assuré qu'une Commission, nommée par l'École de médecine de Nevers, s'était fait un devoir de la venir complimenter sur les magnifiques proportions de ses formes.

Phrase magnifique, d'autant plus qu'à Nevers, il n'y a jamais eu d'École de médecine.

Après tout, il faut bien faire mousser sa marchandise; c'est la seule manière d'attirer du monde.

Voici maintenant la belle Vénitienne dont j'ai déjà dit quelques mots.

C'est le cas, ou jamais, de dire, les extrêmes se touchent : une géante et un nain?

La Vénitienne est du reste assez jolie : elle est jeune, brune; possède de beaux yeux, et paraît fort aimable. J'ai donné son portrait plus haut, page 43.

Son prospectus nous apprend que sa loge est richement décorée, chauffée et éclairée au gaz.

L'idée de se montrer avec un petit homme est assez originale.

VILLE DE NANTES PLACE BRETAGNE

BEAUTÉ,... GRACE,... JEUNESSE

EXHIBITION UNIQUE

DE LA JOLIE

VÉNITIENNE

Colosse géante extraordinaire

La plus BELLE femme de l'Univers

LA BELLE VÉNITIENNE

est accompagnée

DU PLUS PETIT HOMME

DU MONDE ENTIER

NOTA. — Ces deux Exhibitions, sans précédents, auront lieu simultanément et seront visibles tous les jours à partir de SAMEDI 16 décembre 1871.

PRIX DES PLACES : Premières 25 c.; Secondes 15 c.

La Loge est richement décorée, chauffée, éclairée au gaz et construite de manière à mettre les visiteurs à l'abri de l'intempérie de la saison.

Les contrastes se font valoir mutuellement.

Le nain grandit la géante.

La géante rapetisse le nain.

Du reste, il est une chose à remarquer, c'est que dans les loges des géantes, les meubles, les accessoires, jusqu'au moindre, tout est petit.

Ainsi le lit de la géante aurait pu servir à Procuste...

Son tapis, sa lampe son verre, son couvert, etc., etc. tout cela affecte une forme exiguë.

Est-ce le goût de la femme?

Est-ce pour faire valoir ses avantages physiques?

C'est ce que géante ne dira jamais.

Au tour maintenant de la jeune *colosse Parisienne*

ÙNE GROSSE FEMME

La jeune colosse parisienne, d'après le rapport du journal la *Meuse* est un véritable phénomène.

Il ajoute que l'on n'en a jamais vu de semblable à Liége.

Cette feuille doit être flattée que les affiches de *la belle enfant* reproduisent son entrefilet.

Le titre de la baraque laisse rêveur.

A la plus belle enfant du monde.

Voilà qui est dit. Notre jeune Parisienne n'a donc pas de rivale ; j'avoue que je ne l'ai pas jugée d'une façon aussi favorable. Sans doute, elle est grande et grosse ; mais belle, non. Il est vrai que la beauté n'est qu'une affaire de con-

A LA PLUS BELLE ENFANT DU MONDE

EXHIBITION EXTRAORDINAIRE

JEUNE COLOSSE

PARISIENNE

AGÉE DE 14 ANS

PESANT LE POIDS ÉNORME DE

175

KILOGR.

Paraissant pour la première fois sur le champ de foire de cette ville.

Ce phénomène, vraiment incomparable, a toujours fait l'admiration des personnes qui ont bien voulu l'honorer de leur visite. Cette jeune et belle fille joint aux colossales proportions qu'elle possède, les formes les plus gracieuses et les plus admirables.

Pour avoir une idée plus exacte de ce phénomène vraiment merveilleux, il faut voir le journal LA MEUSE, de Liége qui, dans son numéro du 5 octobre 1871, en fait l'éloge le plus complet.

UNE EXCEPTION

Il y a de jolies choses à voir sur le Champ de Foire, mais comme toujours on annonce pompeusement, à l'extérieur des baraques, tout ce qu'on peut admirer à l'intérieur, souvent même la réalité du spectacle ne répond pas à la confiante attente de l'amateur.

Il y a cependant cette année une exception à ces usages au Champ de Foire de Liége ; cette exception se produit dans une petite loge de modeste apparence, située au **Boulevard d'Avroy**, vis-à-vis du Café des Mille Colonnes. Le spectacle qu'on y contemple est, une enfant de 14 ans ; son portrait est à l'extérieur ; on le croit exagéré il l'est en effet mais en sens inverse, c'est-à-dire que si le portrait accuse pour l'enfant des proportions peu communes, l'original en a réellement de phénoménales, et telles qu'on n'a jamais eu l'occasion d'en voir à Liege. C'est, dans toute l'acception du terme, un vrai phénomène.

Cette énorme petite fille, qui est née à Paris, est restée dans cette capitale tout le temps du siège ; elle ne parait guère en avoir souffert.

Visible tous les jours.

vention. Ainsi voilà une grosse femme : si vous
la trouvez jolie, c'est que c'est votre goût ;
mais il se peut que tout le monde ne le par-
tage pas.

Admirons maintenant la jeune *Circassienne*.

La belle Circassienne est la même qui, dernièrement, s'est montrée à la fête de Chauny (Aisne),
sous le nom de *la Belle Sicilienne, la reine des
géantes*. Prix d'entrée : 1 franc les premières ;
50 centimes les secondes.

Voici les quelques paroles que la belle Sicilienne prononce :

« Mesdames et messieurs,

» Je suis native du royaume des Deux-Siciles.

Petite, je faisais déjà l'admiration du pays. J'ai
déjà eu l'honneur de poser devant plusieurs pein-
tres en renom et de Paris. Depuis quelques années,
j'ai parcouru l'étranger : Londres, Bordeaux,
Vienne et Marseille m'ont possédée.

« Les dames seules ont le droit de toucher à
mon mollet. »

Quant à Mlle Wilhelmina, âgée de 17 ans à
peine ; elle est sympathique, comme Alsacienne,
mais il serait à désirer qu'elle le fût aussi comme
femme.

Franchement, elle n'est pas bien belle : mais
passons.

Le plus beau de l'affiche, c'est sans contredit, cette phrase : *Mlle Adelina n'est pas colosse,
c'est-à-dire une de ces Mastodontes à face humaine, que l'on annonce pesant tant de kilogs.*
(Réaumur).

Que veut dire ce mot *Réaumur* ?

Jusqu'à présent, on l'a employé pour le thermomètre. La grandeur se mesure ?...

N'importe, quand vous verrez Mlle Adelina,
vous pourrez vous convaincre qu'elle est réellement jolie.

De la Circassie passons à l'Italie.

CHAMP DE FOIRE

BEAUTÉ, GRACE, JEUNESSE

EXHIBITION

DE LA BELLE ET JEUNE

ITALIENNE

ÉLEVÉE EN FRANCE DEPUIS L'AGE DE 6 ANS

Cette demoiselle a, à l'âge de 17 ans, toutes les perfections dont la nature peut favoriser la femme. Ses cheveux sont aussi doux, aussi fins que la soie.

Les proportions sculpturales de la Belle ITALIENNE ont plus d'une fois inspiré nos artistes florentins et de toute l'Italie. La beauté antique se trouve réunie dans toute sa personne, et pourrait encore défier le ciseau de *Midas*. Cette belle jeune fille a parcouru les principales villes de l'Europe avec un succès sans égal. Le luxe de sa chevelure naturelle en fait une exception, car elle est la seule et unique qui possède une tête aussi remarquable.

Visible tous les jours

SUR LE CHAMP DE FOIRE

Jetons en passant un coup d'œil sur :

LA GÉANTE COLOSSE SUISSE,
LA PLUS BELLE QUE L'ŒIL HUMAIN PUISSE VOIR.

Cette femme , en effet , est d'une grosseur remarquable, et sa voix est en rapport avec son embonpoint.

Ce qui ne l'empêche pas de parler la bouche en cœur, en minaudant de la façon la plus charmante.

« Si vous êtes amateurs de belles formes, messieurs, vous serez peut-être charmés de voir la grosseur de mon mollet ; voyez, il ne retombe pas sur ma bottine. Malgré ma grande taille, j'ai le pied d'une jeune femme moyenne. Remarquez que mon biceps a la force de celui de l'homme, et que la finesse d'attache de mes poignets ne peut être comparée qu'à celle d'une duchesse. »

La géante colosse suisse est peut-être une duchesse qui se montre incognito !

Voici le chef-d'œuvre des réclames.

Mais en voilà assez sur les beautés sculpturales. Ne faisons aucune réflexion. Laissons à ces dames le plaisir, le doux plaisir de se croire plus belles les unes que les autres ; si cela ne leur fait pas de bien, pour sûr cela ne nuit à personne.

Toutes les affiches reproduites dans ce chapitre, comme toutes celles qui se trouvent dans le corps de ce livre, sont de la plus scrupuleuse exactitude.

EUSTACHE-AMOUR HUBLIN.
(D'après nature.)

CHAPITRE XVII

EUSTACHE-AMOUR HUBLIN

L'expérimentateur de physique.

E pauvre homme est mort maintenant ! Il repose en paix ; que Dieu ait son âme ! Le siége l'a tué, comme tant d'autres, et, un beau soir on l'a trouvé inanimé dans son galetas de la rue Saint-Antoine, usé par les privations de toutes sortes, roidi par le froid, au milieu de ses chers instruments, de sa machine électrique, de ses piles. Que je sache, il n'a pas encore trouvé de successeur. C'est qu'il

19

n'est pas donné au premier venu de faire de la science, de la véritable science, pour deux sous, et lui, il en faisait...

Ce sera là son oraison funèbre, et tous ceux qui l'ont connu, tous ceux qui se sont arrêtés au milieu des badauds devant son *cabinet*, comme il disait, verront que j'ai scrupuleusement étudié cette physionomie et que je reproduis avec exactitude et vérité la manière d'être, les mœurs, les habitudes, les boniments de ce déclassé de la science, qui s'intitulait *expérimentateur de physique*.

Il se nommait Eustache-Amour Hublin et avait reçu le jour dans un petit village de Normandie, près de Rouen. Il était fils du bedeau de la paroisse; le curé de l'endroit l'avait pris avec lui et avait donné au jeune enfant quelques leçons de latin et de grec. Mais son instruction ne fut pas poussée plus loin. Du reste, il mordait peu, comme on dit, aux beautés des langues grecque et latine, et la position de sa famille ne lui permettait pas de devenir un savant. C'est si cher l'instruction, et, comme disait feu Bilboquet, on n'en donne pas beaucoup pour deux sous !...

A l'âge de vingt-deux ans, il trouva une place

de garçon dans un collége de prêtres, et fut désigné pour *faire la salle de physique*. Naturellement, il assistait aux cours et profitait comme les autres élèves des démonstrations du professeur. Ce fut là qu'il puisa les premières notions de science, notions qui, plus tard, l'aidèrent à gagner sa vie. Il resta dans cette pension dix années, et en sortit pour entrer dans un collége du Midi, en qualité de préparateur, ce que les élèves appellent *piston*. Là, il était chargé de nettoyer les appareils, de les organiser pour les cours, de faire les préparations nécessaires, en un mot, de tout disposer pour la leçon du professeur. Intelligent, mais sans volonté, courageux pourvu qu'il n'eût pas trop de besogne, d'un caractère naturellement doux et tranquille, Eustache-Amour Hublin occupa cette place douze ans. Il apprit à manier les instruments de physique, il s'initia aux lois qui régissent les corps; il *sut*, en un mot, sans être un savant pour cela, *son cours,* surtout au point de vue expérimental.

Nous perdons Eustache Hublin de vue pendant dix ans; il s'était placé dans une usine de teinture aux environs de Paris, et nous le retrouvons un beau jour à la fête de Saint-Cloud, au milieu des saltimbanques, saltimbanque lui-même, entouré de divers appareils électriques, attirant les badauds et leur montrant les phénomènes les plus curieux de cette partie de la physique qui a nom électricité.

Hublin a maintenant cinquante-quatre ans; il est petit, son crâne s'est presque entièrement dépouillé de cheveux, sa barbe est longue, sa figure douce. Ses habits râpés sont propres, il les brosse avec soin; c'est qu'il ne veut pas avoir l'air d'un banquiste, comme il dit. Il a disposé sa machine à roue, dont il tirera tout à l'heure la

foudre, sur une table basse; il a placé symétriquement deux piles, un ludion, un bat-pouls, un appareil pour imiter la grêle, une bouteille de Leyde, un excitateur, une peau de chat, un pistolet de Volta et un flacon doublement tubulé, dans lequel il va produire de l'hydrogène. Tout cela est propre, luisant. Cette machine, ces accessoires sont au milieu du cercle des curieux; et quelques piquets de fer reliés entre eux par une corde empêchent la foule de pénétrer et de toucher à ses appareils. Le voilà qui retrousse ses manches;

il va parler ; écoutons-le : « Messieurs, c'est moi
l'expérimentateur de physique ; je suis un savant,
et si je viens ainsi parmi vous, c'est afin que chacun puise dans la science, dans mes démonstrations, les principes véritables et naturels des forces
qui sont au dessus de nous, forces qui effrayent
l'ignorant, mais qui fournissent à l'homme instruit
tous les plaisirs moraux de l'intelligence. J'étais
digne de travailler dans le palais des princes,
d'enseigner aux enfants des grands ce que c'est
que la science ; mais mon ambition a été plus loin ;
j'ai voulu m'adresser à vous, parce que c'est un
devoir, un sacerdoce, pour l'homme fort, de rendre forts ses semblables. Aussi, depuis le jour où
je suis venu répandre parmi vous les bienfaits de
la science, m'a-t-on surnommé le *physicien
ordinaire du peuple français :* car je suis Français
et je m'en vante.

» J'aurais pu aller dans une Académie, à la
Sorbonne, au Collége de France, faire de brillants
cours ! Non : j'ai refusé toutes les offres que l'on
m'a faites, et je suis accouru vers vous.

» Du reste, à quoi servent les paroles ? je ne
suis pas un charlatan, je suis l'homme de science,
la lumière ; et tous vous connaissez mon honora-

bilité et mon savoir. Ma seule réclame sera celle-ci : si vous êtes satisfaits de mon travail, déposez dans cette boîte de quoi vous acheter d'autres appareils, car c'est pour vous que je les achète, et de quoi entretenir ceux-là. Les savants sont pauvres ; mais, nous autres, ne sommes-nous pas philosophes ? »

On le voit, le discours de l'expérimentateur ne brille pas par l'originalité. Ce qu'il dit, il le pense ; il se croit l'égal de Volta, d'Arago, de Ganot. Philosophe, il l'est réellement. Que de fois s'est-il endormi sans souper !

Après ce petit boniment, il commence sa séance.

Le pantin du ludion descend et remonte à son commandement ; il explique que c'est l'air qu'il comprime qui opère ce miracle. Il montre comment se charge une pile Bunsen, explique les réactions qui se passent et fait marcher une toute petite machine de Ruhmkorff, dont l'étincelle est la foudre ; il adapte les fils de la pile à un appareil électro-médical, et, moyennant dix centimes, il électrise. Mais les clients sont peu nombreux, et il continue ses démonstrations par la danse des pantins. Puis il charge ses pistolets de Volta, les met en contact avec sa machine que tourne un gamin et les fait partir, au grand ébahissement des badauds. Ceux-ci n'y comprennent rien et s'obstinent à croire, malgré sa parole éloquente, que l'appareil renferme de la poudre, une capsule, et qu'un bouton, servant de détente, communique le feu à l'instrument. Enfin, il termine son cours par la *grrrande expérimentation* du tonnerre. « Oui, messieurs, je le maîtrise, le tonnerre, je le mets en bouteille, et, à ma volonté, il éclate. »

La séance est terminée; il fait le tour de l'aimable société, sa sébile à la main; mais la recette n'est pas fructueuse; quelques rares pièces blanches tombent dans l'escarcelle du pauvre savant et il va porter ailleurs sa belle machine, ses appareils et son savoir.

Complaisant pour lui-même, philosophe par nécessité, Hublin se persuade facilement qu'il est digne d'un sort plus élevé, lui l'homme de science, forcé de lutter avec des jongleurs, d'exposer son *cabinet de physique* à la pluie et à la poussière, d'être le Gay-Lussac des carrefours, comme l'appelait Émile de la Bédollière, et d'électriser pour deux sous !...

Pauvre Hublin ! son crâne s'est complétement dénudé, sa barbe a blanchi, ses habits se sont troués, sa machine, ses appareils se sont bosselés et détériorés.

Il n'a pas vu ces changements s'opérer sans une douleur profonde. Il a écrit au pays ; mais ses vieux parents ne sont plus de ce monde ; le curé a remis son âme à Dieu, et il n'a même pas reçu de réponse à sa lettre. C'est dans cet état que le siège l'a trouvé. Il n'a pu résister aux mille privations qu'il était obligé de subir ; sa tête elle-même s'était affaiblie, et c'est dans son galetas qu'il rendit le dernier soupir, couché sur le carreau, sans feu, n'ayant probablement rien mangé depuis plusieurs jours. Triste mort !

Et dire que tous les Français sont égaux !...

Je demandais un jour à Hublin comment il en était arrivé à se montrer sur les places publiques et à étaler son savoir devant les badauds moyennant quelques sous.

« Ah ! monsieur, me répondit-il, je vois que vous comprenez ma position et que vous avez lu dans mon cœur. Que de luttes, que de combats ! Comme j'ai rougi, comme j'étais honteux le jour où je me suis abaissé au rôle de saltimbanque !

Mais il faut vivre, et, que voulez-vous? la faim entraîne à bien des choses !

» En sortant de la teinturerie, j'ai disposé de mes économies pour acheter cette machine et ces appareils. On m'avait promis une place de répétiteur dans une famille ; mais je ne sais comment, je n'ai pas eu le bonheur de l'avoir et force m'a été de prendre une détermination. J'ai voulu me placer ; après un mois de recherches, voyant que je ne trouvais rien, et que le dernier sou allait rejoindre ses camarades, je suis venu, muni d'une autorisation de la préfecture de police, m'établir aux Champs-Élysées. Mais les recettes n'étaient pas brillantes, et je dus suivre les fêtes et coudoyer les jongleurs, les banquistes ! Ah ! monsieur, mon cœur saigne encore à cette pensée que, moi, je suis ici au milieu des baraques ?

» Vous m'avez prié de vous faire connaître ma vie, je vous l'ai racontée jusqu'au moindre détail. Je n'ai qu'une grâce à vous demander, si, comme vous me le promettez, vous écrivez un jour ma biographie.

» — Et laquelle ?

» — C'est de raconter quelle nécessité m'a poussé à descendre si bas, et de bien dire que c'est malgré moi, que c'est pour ne pas mourir de faim que je me suis fait saltimbanque. »

Pauvre Hublin ! il ne pensait pas dire si juste ; il ne savait pas que la mort le saisirait si vite ; car c'est un an avant la guerre qu'il me parlait ainsi.

Plusieurs personnes m'ont dit que c'était bien sa faute s'il avait fini si misérablement, et que s'il était resté simple cultivateur, sans vouloir jouer au savant, il posséderait maintenant quelque aisance et serait probablement encore de ce monde : — Soit. — Mais peut-on jamais reprocher à un homme de vouloir s'élever au-dessus de la foule ?

Hublin est mort, et l'on n'a même pas mis sur sa tombe une simple croix en bois, pour rappeler à tous que les restes du pauvre savant dorment là, tranquilles, dans ce modeste coin de terre.

Il méritait au moins une épitaphe :

Ci-gît Eustache-Amour Hublin,
mort martyr de la science.

UN PITRE

(Portrait d'après nature.)

CHAPITRE XVIII

LE PITRE

ᴀɴs tous les théâtres, les intermèdes sont remplis par des pîtres, dont les boniments — plus ou moins spirituels — font patienter le public pendant les quelques minutes d'entr'acte nécessaires aux acteurs pour changer de costume ou aux machinistes pour les dispositions des tableaux.

Les pîtres sont bien faibles ; et quand je dis faibles, c'est encore un compliment pour eux.

Il est vrai que les quelques lazzis et les mauvais calembours qu'ils débitent suffisent pour égayer la foule, ce qui prouve qu'elle est satisfaite à peu de frais.

Les pîtres, personne ne l'ignore, se nommaient autrefois queues-rouges, et le boulevard du Temple était le théâtre de leurs exploits. Il y a bien longtemps de cela ! Polichinelle était un pître ; il jurait, buvait, battait le commissaire, ce qui divertissait singulièrement les spectateurs. Tabarin était un pître, mais un pître plein d'esprit. Gaultier-Garguille, Bobèche, l'Éveillé, Bilboquet ont fait courir tout Paris à leur époque.

Mais aujourd'hui *quantum mutatus* , ces messieurs de la parade sont en pleine décadence, et ils sont relégués dans les foires, dans les théâtres de dixième ordre, où ils se livrent à des pointes et à des facéties grotesques, souvent d'un goût douteux.

Il est vrai de dire que les foires, au temps dont nous parlons, étaient beaucoup plus fréquentes que maintenant, et que la foire Saint-Germain et la foire Saint-Laurent comptaient parmi les grands amusements de l'époque.

Ces foires renfermaient tous les phénomènes

que nous voyons maintenant : preuve qu'il n'y a
rien de bien nouveau sous le soleil.

Voici une énumération des merveilles que l'on
y rencontrait, copiée dans une gazette que le
poëte Loret publiait au commencement du règne
de Louis XIV :

> On y trouve citrons, douceurs,
> Arlequins, sauteurs et danseurs ;
> Outre un géant dont la structure
> Est prodige de la nature ;
> Outre des animaux sauvages,
> Outre cent et cent batelages,
> Les fagotins et les guenons,
> Les mignonnes et les mignons,
> On voit un certain habile homme
> (Je ne sais comment on le nomme),
> Dont le travail industrieux
> Fait voir à tous les curieux,
> Non pas la figure d'Hérodes,
> Mais du grand colosse de Rhodes,
> Qu'à faire on a bien du temps mis ;
> Les hauts murs de Sémiramis,
> Où cette reine fait la ronde ;
> Bref, les sept merveilles du monde,
> Dont très-bien les yeux sont surpris,
> Et que l'on voit à juste prix.

La parade est bien tombée maintenant. N'importe, il ne me semble pas déplacé de reproduire
ici un boniment que j'ai sténographié à la fête de

Meaux, boniment que débitait un pître sur la voiture d'un arracheur de dents.

« Mesdames et Messieurs,

» C'est le moment, c'est l'instant. — Entrez ! Entrez ! L'honneur de votre présence, et nous serons tous fort satisfaits, pour ne pas dire très-heureux, enchantés, transportés !

» Mais, direz-vous, de quel droit viens-tu ainsi nous haranguer ? Qui t'a permis de monter sur ces sacrés gradins, pour nous parler en ces termes ?

» Ah ! ah ! c'est ici que nous allons rire. Qui me l'a permis ? Eh ! mon patron, parbleu ! et moi. Moi et mon patron. Moi, Frise-à-plat, le grrrand, le célèbre Frise-à-plat, le roi des pîtres.

» On va tout à l'heure lever le rideau, éclairer la salle de spectacle avec des bougies neuves, et commencer.

» Mais avant, pendant que les *artisses* se costument, je veux vous raconter ma vie : pour vous prouver qu'un être intelligent, savant, pénétrant, satisfaisant, élégant peut arriver aux plus hautes destinées, et transmettre son savoir, son avoir, son espoir, aux populations stupéfaites, sans être, comme beaucoup, bête à faire du bouillon avec des hannetons fumés.

» Je suis né à Trépagny-les-Poires-sucrées-sans-pepins, arrondissement de Sifflet. Mon papa — car j'ai un papa — était retapeur de peaux de lapins en chambre, pour les chapeliers, et c'en était un de fameux lapin ; ma maman était... mère de six enfants ; moi — je suis son fils !

» De bonne heure on me mit aux écoles communales de mon pays, et je donnai une haute idée de mon intelligence future. Mon éducation fut soignée et consacrée spécialement à l'étude des langues étrangères ! Je fis de rapides progrès. J'avais alors douze ans — et mon vénérable professeur (*il se découvre*), que la Divinité lui soit hospitalière, trouvait que c'était trop abaisser mon caractère que de vouloir me faire entrer dans la cervelle ceux de l'imprimerie.

» Quand j'ai commencé à pénétrer dans mes dix-huit printemps, mon papa me dit :

» — Mon petit Frise-à-Plat, tu vas me faire ta malle (une chemise de flanelle et dix-huit douzaines de bretelles) et tu vas aller voir la grrrande ville des villes : Paris.

» Cette nouvelle m'a souri *illico ;* car on m'avait dit qu'à Paris les alouettes vous tombaient toutes rôties dans le bec, et qu'il n'y avait rien d'autre à

20

faire qu'à se promener du matin au soir et du soir au matin. C'était là ce qui me plaisait par dessus tout. Mon papa ajouta :

« — Mon cher Frise-à-Plat, je ne veux pas que tu souffres en voyage : et voici de l'argent. » Il me remit, avec son air de générosité habituelle, huit sous en centimes, en me recommandant d'être bien économe et de me faire rendre la monnaie chaque fois que j'en changerais un.

» Pour venir de chez nous à Paris, ce n'est pas un petit voyage ! Oh! mais non ! Il m'a fallu passer la mer Jaune sur une coquille de noix et traverser dix-sept lieues de moutarde sans éternuer ; ça m'a gêné bien des fois, croyez-le. En chemin, j'ai rencontré une princesse des îles grecques qui, à force d'éternuer, avait eu un nouveau nez. J'ai fait la route avec la princesse, une forte femme de Grèce, comme j'ai eu l'honneur de vous le dire, et sa suite, des gens très-bien, ce que nous appelons des gens bons.

» Enfin, nous arrivâmes à Paris. Mes yeux étaient écarquillés comme des boules de loto, et ma figure ressemblait bien plus à une tête de veau qu'à celle d'un être humain. Je suis resté là, comme cela, pendant sept jours, sans rien boire ni manger, tellement j'étais stupéfait ; et, pendant ces sept jours, j'ai tellement maigri, que j'étais devenu mince, mince, mince comme un coucou. Mais, peu à peu, une nourriture saine, abondante et variée (des haricots à chaque repas) me rendit mes forces, et autant j'avais maigri, autant j'engraissai.

» Il fallait cependant m'occuper ; j'avais déjà dépensé toute la fortune que mon papa m'avait donnée ; c'est alors que je me lançai dans différentes affaires, plus variées les unes que les autres.

» J'appris, un jour, que l'empereur de Russie avait interdit à ses sujets de porter des bretelles, dont ils faisaient une telle consommation que cela les empêchait de grandir. Hélas ! ce coup fut terrible pour moi, car, avec ma cargaison de bretelles, je comptais faire fortune. J'allais me décourager, quand je lus dans un journal de la Patagonie, le *Fouchironodorinabodus*, que les Patagons ne portaient plus que des bretelles, sans pantalons. Alors, d'un côté les Russes, qui ne portaient que des pantalons sans bretelles, me ruinaient complétement ; oui, mais de l'autre les Patagons, qui ne portaient que des bretelles sans

pantalons, me sauvaient la vie. Je résolus immédiatement de partir pour la Patagonie avec une
cargaison formidable de bretelles de tous sys-
tèmes. Je pris donc l'omnibus, pour mes trois
sous, et me voilà sur la grrrrande route qui
mène à ce pays.

» Enfin, après trente-six heures d'impériale, sans
même pouvoir descendre, j'arrivai aux fortifications de la Patagonie. Quel pays, mon Dieu! quel
pays! Les hommes sont hauts comme des maisons, les femmes rendent des points à nos plus
grands tambours-majors. Les habitants ont quatre
bras et trois jambes, pas un cheveu sur la tête et
un seul œil au milieu du front. Dans ce pays, il
coule des rivières de bordeaux ; quand il pleut,
c'est du vin blanc; les cailloux sont en diamant
et les arbres en or. Le costume de ce pays est des
plus cocasses : un large bonnet de coton en soie
noire, une paire de lunettes bleues, des bretelles
et une poche pour mettre sa pipe et son tabac;
voilà tout l'accoutrement des naturels. Ce qui m'a
semblé très-naturel !...

» J'échangeai mes bretelles contre une grande
quantité de diamants, et je m'apprêtais à fréter
un navire pour remporter mes richesses chez

nous, quand la guerre vint à éclater entre les Patagons et les habitants de la Calabre, petit village
voisin renommé pour son sirop et son fromage de
gruyère. Je dus rester, les communications étant
interrompues. Cette lutte fut terrible : les Cala-
brais furent enfin vaincus, grâce aux talents stra-
tégiques du général patagon, nommé Kuricorni-
bulos, dont vous avez, sans doute, entendu parler.
(Doutes dans l'auditoire.)

» Enfin, je partis et arrivai à Paris, riche comme
Crésus. Je plaçai tout mon argent, après avoir
changé mes diamants contre de l'or, dans diverses grandes entreprises : celle des parapluies
sans tiges, des locomotives en caoutchouc et des
cannes de pêche en gutta-percha. J'épousai la fille
de mon associé pour les locomotives, et au bout
d'un an..... *(ici il pleure et s'essuie les yeux
avec un mouchoir troué)* ma fortune était morte
et ma femme mangée par les entrepreneurs ; non,
ma femme morte et ma fortune mangée. Ce coup
terrible m'a tellement remué que..... j'en ai
attrapé un rhume de cerveau à me moucher
deux cent vingt-sept fois par heure.

» Sans me décourager, j'ai mis à profit le savoir
que j'avais récolté en voyageant, et je me suis en-

gagé ici, chez le grrrrand et illustre Ribarrra *(il salue)*, le grrrrand Ribarrra, le grrrrand Ribarrra, le seul, le vrai dentiste de son siècle, par profession et par amour, le seul qui arrache les dents sans douleur, le seul qui soit humain envers les clients, le seul enfin, médaillé, récompensé, honoré, distingué, apprécié de tous ses nombreux collègues, en France et à l'étranger, dans le monde et ailleurs.

» Maintenant, Messieurs, quand vous aurez vu M. Ribarrra, quand vous aurez entendu sa parole éloquente, émouvante, entraînante, assourdissante, quand il aura opéré quelques-unes de vos mâchoires ; alors, ô gens heureux, alors seulement vous pourrez..... mourir!

» Approchez tous ici : riches, pauvres, grands, petits, blonds ou noirs, approchez ! Venez, venez plus près de la voiture ; ne craignez pas de toucher la demeure du grand homme qui, dans un instant, va vous guérir de tous les maux possibles et impossibles.

» Mais avant, Messieurs, avant l'arrivée de mon maître, laissez-moi vous offrir une poudre merveilleuse, étonnante, stupéfiante, abracadabrante, une poudre qui blanchit les dents, noircit les bottes, guérit les cors et empêche les maux d'estomac. Cette poudre a été rapportée de mes voyages chez les Patagons. En Patagonie, cette poudre pousse toute seule sur les arbres et on n'a qu'à mettre les boîtes dessous, et secouer avant de s'en servir, pour les remplir. C'est tout simple.

» Mais, ai-je entendu, cette poudre, tu dois nous la vendre cher?

» Ah! certes, oui, que je la vends cher; et ce n'est pas moins de 40 francs les grandes boîtes et 20 francs les moitiés moins grandes. Voilà mes prix. Et partout je l'ai vendue ainsi. Mais ici, Messieurs, dans ce pays, je vois que vous en avez tous besoin, et que vos dents sont plus noires que le charbon de terre; alors je veux mettre ma poudre à la portée de toutes les bourses. *(Déclamant.)* Aussi, considérant qu'il est d'útilité publique d'arranger les bouches qui ne fonctionnent pas bien, de pouvoir, au besoin, avec la brosse à dents, faire reluire ses bottes; considérant que cette découverte, recouverte d'une feuille verte sur le couvercle, est déjà employée dans les cinq parties du monde, par les habitants du globe; considérant, en outre, que c'est un devoir de la part des hommes d'invention d'en faire participer leurs concitoyens, avons arrêté ce qui suit :

» Boîtes de 5oo grammes... 1 fr.

» Boîtes de 225 grammes... o fr. 5o cent.

» Boîtes de 115 grammes... o fr. 25 cent.

» Boîtes de 6o grammes.... o fr. 15 cent.

» Enfin et en dernier lieu, et pour que tout le monde en achète, nous avons les petites boîtes, dites boîtes d'échantillon, à o fr. 10 cent. la pièce.

» Allons, Messieurs, qui en veut? Et si je me permets de vendre de la poudre patagonaise, c'est, comme j'ai déjà eu l'honneur de vous l'apprendre, pendant que mon patron n'est pas là, c'est pour passer le temps, car je suis riche maintenant, riche comme un Crésus qui a des rentes, ma poudre me rapporte gros comme moi par mois, et si moi je passe douze mois sans travailler, eh bien ! cela ne me fera rien, je pourrai vivre cependant indépendant, content et, par conséquent, méritant un souvenir reconnaissant des peuples les plus civilisés comme les plus sauvages.

» Et maintenant, Messieurs, le spectacle va commencer, on va lever la toile, et vous allez voir ce que vous allez voir. Entrez ! C'est digne de votre présence, et, si vous êtes satisfaits, Messieurs, n'oubliez pas l'ami Frise-à-Plat, qui se dit votre humble, obéissant, dévoué et empressé serviteur. *(Musique.)* »

Dans toutes les loges, théâtres ou baraques, les pîtres ont le bénéfice de la vente d'un petit recueil de calembours et de coq-à-l'âne.

Les recettes utiles, au prix de 10 centimes le cahier, ne sont, ma foi, pas trop cher, jugez-en :

NOUVELLES RECETTES UTILES A TOUS
—

Moyen infaillible de détruire les Punaises.

Dès que vous êtes au lit et que vous vous sentez piqué par un de ces sanguinaires insectes, vous vous laissez asticoter par lui une demi-heure environ, pour qu'une fois que sa bedaine sera devenue pesante elle puisse ralentir sa marche de retraite; alors, vous prenez ladite punaise entre le pouce et l'index, vous descendez ensuite dans votre cave, vous placez près de vous la coupable sur le sol ; elle en frémira de tout son corps, ignorant quelles sont vos intentions à son égard. Ici, prêtez-moi

toute votre attention ! Sans donner le temps à l'animal de
raisonner sa frayeur, vous creusez devant son nez un trou
large et profond, et lui tenez à peu près ce langage : Malheureuse ! l'on ne t'a donc pas appris dans ta jeunesse que quiconque répandait le sang d'autrui se rendait passible d'un châ-
timent exemplaire, pour moraliser ses descendants par sa fin
tragique, afin que, tous les mauvais penchants réprimés ainsi,
nous touchions plus vite à ce retour de l'âge d'or, qui est, de
nos jours, la nouvelle terre promise. (La punaise, croyez-le
bien, est tout oreilles à ce discours dont elle ne peut prévoir
la fin.) Vous continuez : Il ne tiendrait qu'à moi d'user de
représailles envers toi et de te faire sentir tout le poids de ma
supériorité ; mais non ! Je n'ai jamais pu me résoudre à répandre une goutte de sang. Vois ce trou ! je le destinais à te servir de tombeau. (La punaise tremble.) Ton repentir me touche,
lui dites-vous, j'ose croire qu'il est sincère, je vais te rendre à
la liberté ; mais veuille avertir tes sœurs et compagnes du sort
que je réserve à toutes celles qui se rendront coupables envers
moi du plus petit attentat. Cela dit, vous la remontez dans
votre chambre, vous la laissez filer en liberté, elle court faire
son rapport à toutes ses camarades, qui, toutes comme elle,
possèdent au plus haut degré le sentiment de conservation
individuelle. Aussi, pliant leurs bagages à la hâte, en rien de
temps, leur émigration est complète. Vous pourrez désormais
dormir tranquille.

AUTRE MOYEN POUR LES PUNAISES.

Prenez de la limaille de fer, que vous répandez sous votre
lit ; les punaises, on le sait, éprouvent un grand plaisir à se
rouler dans cette poudre métallique. Suspendez au-dessus de
votre lit trois ou quatre fers à cheval fortement aimantés.
Dans la nuit, les vilains insectes arrivent pour se désaltérer à
vos dépens ; mais, saupoudrés de limaille, ils sont violemment
enlevés par les appareils d'attraction. Le lendemain matin,

vous trouvez toutes vos punaises agglomérées à la partie basse
des fers à cheval ou bien collées à votre drap sous l'influence
subjugante de l'aimant, s'il s'en trouvait qui se fussent intro-
duites dès le soir dans vos couches même. Lorsqu'on se livre
à une pareille opération, il faut avoir soin de se débarrasser
des colliers et autres ornements d'acier qu'on serait dans l'habitude de porter au cou, car le matin, en se réveillant, on
pourrait bien se trouver pendu et dans l'état d'un homme qui a
rendu le dernier soupir.

Moyen pour détruire les Fourmis.

Placez du gros sable à l'endroit où elles se rassemblent,
répandez du tabac à priser sur ce sable ; dès qu'elles arrivent,
les fourmis éternuent ; dans le mouvement violent et nerveux
qu'elles éprouvent comme l'homme, se frappant la tête contre
les grains de sable, elles ne peuvent échapper à une mort
certaine, leur crâne s'entr'ouvre et elles perdent tout leur
sang.

Moyen simple et facile de détruire les Mouches, Guêpes, Charançons et autres Insectes.

La mouche est un être souverainement désagréable, l'été, à
la campagne ; si je ne craignais même de me les mettre à dos
j'oserais affirmer qu'elles sont attristantes. Certaines personnes emploient pour les détruire une préparation arsénicale,
vulgairement nommée mort-aux-mouches. Les mouches qui
sirotent ce médicament meurent en effet, mais elles ont la
chose, pour se venger, de tomber la tête la première dans la
soupe ou le café des chrétiens, qui se trouvent ainsi doublement empoisonnés.

Voici le meilleur moyen de se débarraser proprement de la
mouche insidieuse, gourmande et asticotante.

Vous prenez d'abord un homme chauve que vous exposez

au soleil. Sur le crâne de cet homme chauve, vous étendez bien délicatement une couche de mélasse mêlée avec de la glu. Les mouches, les guêpes, les abeilles, les cousins, les frelons, les moucherons et tous les insectes à trompe ou à pompe aspirante viennent se poser en masse sur cette tartine humaine. Alors vous prenez un autre homme long, maigre adroit, mais rageur, et vous l'armez d'un battoir de blanchisseuse, et, à un signal donné, vous l'engagez à taper dru sur le crâne beurré de glu et de mélasse, de manière que pas une mouche n'échappe.

Nota bene. Vous avez eu soin d'abord de lui recommander de faire en sorte de ne pas trop blesser l'homme chauve afin qu'il puisse servir plusieurs fois.

M. JULES, ESCAMOTEUR

(D'après nature.)

CHAPITRE XIX

LES PHYSICIENS DE LA PLACE PUBLIQUE

Séance d'escamotage de M. Jules. — Les haricots sympathiques. — Double vue avec le concours de mademoiselle Flora.

 ous voici maintenant arrivé à une étude qui n'est pas dépourvue d'intérêt.

Il s'agit des physiciens ou escamoteurs de la place publique. Qui a vu l'un a vu les autres.

Tous se ressemblent. Leurs mœurs sont les mêmes.

Le physique est peu sympathique. Le moral ne le cède en rien au physique.

Tous sont plus adroits et plus habiles les uns que les autres.

Tous ont visité les principales villes du monde entier.

Tous ont reçu des divers souverains les marques les plus flatteuses d'admiration.

Or ce chapitre sera, à proprement parler, une excursion à travers le domaine de la banque. Banquistes, tous les physiciens le sont, le métier le veut ainsi, et tel qui serait le plus doux, le plus modeste, le moins bavard des hommes, s'il est appelé à *travailler* dans les foires et à s'adresser aux badauds, se débarrasse bien vite de son air de modestie et de simplicité pour emboucher le porte-voix de la réclame et du boniment à outrance, déclarer qu'il est le seul, le premier, qu'il n'y a que lui, qu'il faut le voir, l'écouter et l'entendre, et se garder bien de faire même attention aux confrères.

Les hommes se mènent ainsi ; ce sont les *positions* qui les font.

Les physiciens qui courent les fêtes publiques sont nombreux. Riches, ils possèdent un théâtre, des voitures, des appareils, et peuvent offrir au public un spectacle varié, quelquefois intéressant.

Pauvres, ils se contentent d'une méchante table en bois blanc, recouverte d'un vieux tapis, supportant quelques appareils en cuivre achetés à vil prix et deux ou trois jeux de cartes, crasseux et usés, dont les habitués du dernier café de la banlieue ne voudraient pas pour faire leur partie.

Les premiers vivent largement, en grands seigneurs, escomptant souvent les recettes à venir ; les seconds sont gueux, misérables, et rapportent plus d'une fois au logis, le soir, leur tirelire vide.

Combien de fois leur a-t-il fallu *travailler* et faire de la gaieté à jeun !... Mais, en revanche, presque tout l'argent gagné, les jours où les affaires sont bonnes, se dépense au cabaret ; et, insouciants du lendemain, philosophes par nécessité, vivant au jour le jour, ces sortes d'artistes n'ont de goût que pour le divin Bacchus. En sa chère compagnie, ils oublient leurs peines, font des rêves dorés pour l'avenir, et se persuadent qu'ils sont heureux quand même. Douce philosophie, qui est bien le reflet d'un cœur et d'une tête vides.

Les grands physiciens, au point de vue de l'étude, sont peu intéressants. Ils possèdent presque tous les défauts et les vices des petits ; souvent même ils ont commencé comme eux.

21

Il me paraît donc inutile d'en parler longuement.

Je me contenterai de les citer sans entrer dans
le menu de leurs soirées. Ce sont : Cocherie,
Delile, Pietro-Gallici, Loramus, Masson, Las-
saigne, etc., etc.

Il est bien entendu que je ne parle que des physiciens qui parcourent la province, travaillant à
gauche et à droite, où ils peuvent..... Je ne m'occupe pas ici des prestidigitateurs ni des physiciens,
qui ont fait de leur métier une véritable science,
qui ne donnent leurs séances que dans les salons
ou sur de grandes scènes ; sans cela, je citerais :
Cazeneuve, Caston, Well, Auboin-Brunets, de
Linski, Hermann, etc., etc.

Revenons au physicien de la place publique.

Généralement vêtu d'une longue houppelande,
qui lui donne l'air d'un vieux médecin allemand,
la tête recouverte d'un chapeau haute forme ; les
mains d'une propreté douteuse, le linge... (inutile d'en parler), le physicien *en plein vent* installe
son spectacle le plus loin possible de la grosse
caisse, du tambour ou de la cloche des loges
voisines ; il choisit un endroit bien à l'écart, déplie
une petite table qu'il pose sur son trépied, la re-

couvre d'un tapis bariolé de vert et de rouge, sort d'une boîte quelques appareils (appareils qu'il décore pompeusement du nom de cabinet de physique) et les range tranquillement sur la table. Une fois ses préparatifs terminés, il retire sa houppelande, la plie soigneusement, la pose à terre, place son chapeau dessus, retrousse les manches de sa chemise, saisit sa baguette magique et se dispose à commencer.

Tout cela a été fait avec un grand calme. La foule, de son côté, s'amasse peu à peu, alléchée par le flegme du physicien, et espérant lui voir opérer les plus grandes merveilles.

De temps à autre, notre homme repousse les curieux, qui s'avancent trop près, calotte les gamins qui viennent toucher à ses bibelots, et, une fois le public *préparé*, comme il dit, il relève la tête, dirige ses yeux vers le ciel, comme pour s'inspirer, avance le bras droit, semblable au tribun qui va prononcer un discours, et s'écrie :

« Mesdames et Messieurs, on va maintenant lever la toile. On va vous faire voir des choses surprenantes ; on va commencer la séance par quelques tours de cartes, et je continuerai par la grrrrande expérience de M. Jean de la Vigne, et celle des haricots sympathiques, comme j'ai eu l'honneur de l'exécuter devant M. l'ambassadeur de Pologne. Le spectacle sera terminé par ma scène de magnétisme avec Mlle Flora, premier sujet des théâtres étrangers.

» Allons, Messieurs, attention. Ah! ah! Je vois, à vos yeux, que vous vous étonnez de me voir vous parler avec tant de sérieux.

» Sérieux, je le suis, Messieurs; ce n'est pas comme mes confrères. Je ne suis pas venu ici pour vous raconter un tas de bêtises, ni pour vous vendre du thé suisse, qui guérit radicalement tous les maux et les cors aux pieds. Non! non! Je suis venu ici pour vous amuser, vous distraire et vous faire rigoler un brin. Et puis, quand vous m'aurez vu, quand vous aurez été convaincus de l'immensité de mon talent, vous pourrez tous vous écrier, comme un seul homme : « Non, nous n'avons rien vu de pareil à M. Jules. »

Sur ce commence la séance. Notre physicien saisit un jeu de cartes, en fait prendre une *au hasard*, la devine, puis la fait déchirer et brûler, et la raccommode en un clin d'œil.

« Maintenant, Messieurs, le grrrrand tour des haricots sympathiques, tel que j'ai eu l'hon-

neur de l'exécuter devant M. l'ambassadeur de
Pologne...

» Mais avant, permettez-moi de faire appel à
votre bon cœur, en vous priant de déposer dans
cette tirelire tout ce qui vous fera plaisir. *(M. Jules
fait alors le tour de la société, sa sébile à la main ;
mais les sous ne pleuvent pas dans la boîte en fer-
blanc.)* — Mais *(pause)*, avant de commencer le
grand tour des haricots, je veux vous faire connaître une invention faite par moi.

» Tenez, Messieurs, c'est drôle, amusant, rigolo.
Vous vous trouvez en société, comme qui dirait
chez Mme de Metternich *(sic)* ; vous êtes là
plusieurs autour d'une table, quand un malin
vient à souffler la chandelle. Personne n'ayant
d'allumettes dans sa poche pour la rallumer, vous
vous levez et vous dites :

» — Moi, je parie la rallumer !

» Ce que vous faites, au grand étonnement de
toute la galerie.

» Eh bien, Messieurs, que faut-il pour cela ?...

» Peu de choses, presque rien ; une simple boîte,
contenant des petites boules de composition, qui
s'enflamment à la chaleur, et que je vends...
Messieurs, devinez combien ? Non, vous n'y êtes

pas... Ça coûte seulement la somme minime de dix centimes !... »

Là-dessus, M. Jules cherche à placer quelques-unes de ses boîtes.

Une fois la vente terminée, la séance continue.

Le tour des haricots sympathiques consiste à faire passer des haricots rouges, qui sont contenus dans une boîte en métal, à la place de haricots blancs, enfermés dans une autre boîte semblable.

Un double fond dans chacun de ces deux appareils opère le miracle.

Puis viennent après le voyage de M. Jean de la Vigne, le jeu des gobelets, l'escamotage des muscades, des petites, moyennes et grosses balles; puis enfin, comme dernière expérience, la grrrrande séance de double vue avec le gracieux concours de Mlle Flora.

Mlle Flora n'est autre que la femme du physicien ; elle est vieille, petite, désagréable de figure ; sa peau est ridée ; un bonnet d'une propreté négative retient ses cheveux.

Sur un signe de M. Jules, elle s'assied sur un escabeau.

M. Jules lui bande les yeux et l'endort à l'aide de quelques passes.

« Maintenant, Messieurs, tous ceux qui veulent connaître leur destinée, la réussite dans leurs affaires, les personnes qui les trompent, celles qui leur portent intérêt, n'ont qu'à prendre des numéros.

» C'est 10 centimes le numéro. Chacun passe à son tour. »

La foule, que ces sortes de jongleries intéresse toujours beaucoup, s'empare de tous les cartons.

« Chut, Messieurs, silence, la séance est commencée.

» D. A qui appartient ce mouchoir ?

» R. A une jeune fille.

» D. Dites la condition de la personne qui me parle ?

» R. C'est une femme mariée.

» D. Dites la valeur de cette pièce ?

» R. Deux francs.

» D. Savez-vous quel est l'objet que je tiens !

» R. Un couteau.

» D. Attention ! savez-vous en quoi sont les lames ?

» R. En fer. »

Mais ce ne sont là que les exercices prélimi-
naires.

« D. Dites, je vous prie, qui je touche?

» R. Un militaire.

» D. Allez! dites son grade et ce qui lui arrivera ?

» R. Monsieur est caporal aux voltigeurs ; il
désire se marier avec une jeune fille qu'il aime
beaucoup et qui est blonde. Faites bien attention
à ce que vous ferez, jeune homme. Vous avez un
ami qui cherche à vous nuire ; défiez-vous-en.
D'ici peu, vous recevrez une lettre qui vous donnera des nouvelles de personnes qui s'intéressent
à vous. Jeune homme, vous êtes brave et entre-
prenant ! mais je vous conseille de mettre un peu
de réflexion à tout ce que vous faites. Votre
existence sera heureuse, et vous arriverez à une
haute position. »

En tout cas, ces conseils ne peuvent nuire à
personne.

Tous ceux qui ont pris des billets entendent
leur bonne aventure. Ce ne sont que de légères
variations sur le même thème.

Les questions posées par M. Jules sont combinées d'après un répertoire appris par cœur; les

réponses coïncident à la question. Le tout est de connaître à fond la clef.

Comme ce serait trop long à expliquer, j'engage les lecteurs que cela peut intéresser à consulter un ouvrage de M. de Caston, intitulé : *Les vendeurs de bonne aventure.* Ils trouveront dans ce livre la marche à suivre et la manière d'opérer.

. . . .

On le voit, le physicien de la place publique n'a rien de bien saillant.

Ses boniments sont fades, communs, sans portée ; il les accompagne d'un verbiage insensé, racontant les histoires les plus naïves et les plus impossibles. Quant à ses locutions, inutile de dire qu'elles sont agrémentées de tout un assaisonnement d'*hiatus* plus piquants les uns que les autres.

Sans doute, il arrive quelquefois que l'on s'arrête devant un de ces escamoteurs plus adroit que ses confrères de la place ; quelques-uns sont même curieux à entendre. Qui ne se souviens de Miette, Miette vendant de la *Poudre persane, pour nettoyer les dents les plus noires, corriger la mauvaise haleine, arrêter la carie, et débarrasser l'estomac de ses miasmes ?* Cette figure est beaucoup trop connue pour que nous en parlions longuement.

Quelques-uns se contentent de faire, sur une petite table, des tours de cartes et de vendre l'explication des procédés qu'ils emploient, ainsi que des jeux tout préparés pour l'exécution de ces tours.

Ils enseignent, moyennant cinquante centimes, à faire sortir une dame de pique, hors du jeu rangé sur la table, ou à retrouver une carte que l'on a prise entre trente-deux ; ils montrent comment on fait sauter la coupe, des deux mains ou d'une main. D'autres vendent de petites boîtes d'escamotage, comprenant les gobelets, la muscade, les piliers de Salomon, l'œuf de Chine. Tous ont leur boniment personnel ; ils ne sont pas venus sur la place publique pour tromper le monde, mais pour l'amuser agréablement en lui donnant le moyen de passer le temps d'une façon récréative et peu dispendieuse, etc., etc.

Ceux-ci vendent des enveloppes de papier dans lesquelles vous enfermez une pièce de monnaie : l'enveloppe ouverte, la pièce a disparu.

Ceux-là débitent le moyen de faire danser un Polichinelle en papier entre deux bouteilles.

D'autres, moyennant quelques sous, apprennent à deviner les points joués aux dés ; à éteindre une bougie à deux cents pas, ou à faire passer l'anneau d'une dame dans une baguette.

Ce sont de petits commerçants plus ou moins intelligents, vrais bohêmes, changeant dix fois de métier dans l'année, usant de tout, faisant de tout, trop paresseux pour prendre un état sérieux, et finissant misérablement, usés, la plupart du temps, par des débauches de toutes sortes.

L'ALBINÔS

FABRICANT DE PÂTE DE GUIMAUVE.

CHAPITRE XX

VANT de nous occu-
per des jeux et des
amusements, il est
juste, ce me semble,
de consacrer un cha-
pitre ou deux aux
célébrités des rues
qui vont porter leurs
industries dans les
fêtes ou les foires.
Beaucoup de ces

types sont déjà connus du public ; et nombre
d'écrivains de talent les ont étudiés. Je ne m'oc-
cuperai donc que de ceux qui peuvent offrir quelque intérêt aux lecteurs.

Voici le marchand et l'essayeur de bat-pouls. Il
 est vêtu d'une large redingote,
un chapeau mou le coiffe ; il
s'est installé derrière une
petite table, sur laquelle sont
placés symétriquement des
tubes et des boules en verre,
remplis d'un liquide rouge :
c'est à l'aide de ces appareils qu'il démontre la
force du sang.

« Tenez, Monsieur, veuillez prendre la boule
et la serrer dans la main sans trop de force.
Voyez, le liquide s'agite, il bout ! vous avez un
beau sang, monsieur, très-calme et un peu agité.
Vous marquez 58 degrés *(qu'est-ce que cela veut
dire ?)* depuis plus de dix ans que je fais les fêtes
publiques, et bien qu'ayant expérimenté sur des
milliers de personnes naturelles, je n'ai jamais rencontré de pareil phénomène. C'est dix centimes. »

Le monsieur qui a reçu la petite consultation
donne ses dix centimes, et au tour d'un autre.

Cet appareil, que l'on nomme bat-pouls, est tout simplement un tube en verre ou en cristal, terminé par deux boules. On a rempli ce tube d'alcool coloré en rouge, que l'on a fait bouillir, de façon à en chasser complétement l'air ; puis on l'a soudé à la lampe. C'est, en quelque sorte, la même construction qu'un thermomètre. Naturellement, la cha-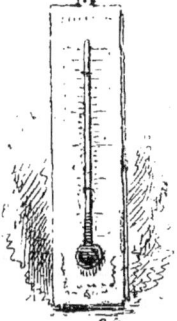leur de la main fait monter le liquide et lui imprime un mouvement qui a quelque ressemblance avec l'ébullition de l'eau. Mais le pouls n'a rien à voir là-dedans.

Cet industriel vend aussi des appareils. Les uns indiquent la force du sang, les autres marquent le degré du caractère, d'autres enfin servent à reconnaître les amoureux. Inutile de dire que tous les tubes ont été préparés de la même façon, et que si l'on en trouve quelques-uns dont le liquide s'élève plus ou moins haut que dans d'autres, c'est tout simplement parce que l'air en a été plus ou moins bien raréfié.

Ici, c'est un homme qui vend la manière de casser un fil, le brûler et le raccommoder. Moyen-

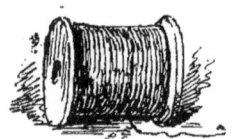

nant deux sous, il vous livre son secret dont voici la copie :

MANIÈRE
DE CASSER UN FIL
le Brûler et le Raccommoder

Pour faire ce tour, vous prenez un bout de fil de deux mètres ; vous cassez le premier mètre en plusieurs morceaux ; le second mètre vous le roulez en pelote ; vous mettez ces deux pelotes sous la première phalange du pouce gauche avec l'index, le cassé et l'entier. Il faut que ces deux pelotes soient bien ensemble ; il s'agit de ne par les mêler, et vous les changez à votre volonté et à votre fantaisie ; vous brûlez le cassé, vous montrez celui qui est entier et le tour est fait.

Il ne faut pas montrer ce procédé

BOSCO

En face, c'est un albinos en costume de turc, qui fabrique et vend de la pâte de guimauve. Il opère toujours en plein air, avec des mains dont la blancheur est toujours des plus douteuses. Devant lui se trouve une plaque de marbre, et il pétrit la pâte autour d'une tige en fer recourbée.

« Mesdames et Messieurs, employé pendant de longues années chez les premiers confiseurs de Paris, je viens aujourd'hui vous offrir une pâte de guimauve ou plantes des malvacées. Je ne la vends pas dans un sac, j'opère devant vous, et vous me voyez faire. Ça coûte un sou le bâton, et l'on peut en goûter avant d'acheter. »

Mais défiez-vous de la pâte de guimauve.
En voici la recette :
75 o/o de sucre par 10 kilog. de pâte.
35 o/o de plâtre.

Huile pour lier le tout.

Infusion de guimauve pour donner un peu de goût.

Et encore, huile ! je ne dis pas que ce ne soit pas de l'huile à brûler !... La couleur rouge s'obtient à l'aide du vermillon.

Un autre vend du *sirop de Calabre*, contenu dans un tonneau recouvert de feuilles vertes qui tiennent le liquide frais. Prix : 5 centimes le bock.

Voici comment se fabrique le sirop de Calabre :

On commence par mettre dans une demi-pièce

d'une contenance de 112 litres, 110 litres d'eau —
c'est le plus clair de l'affaire ; —
on ajoute un litre de sirop de
sucre et 200 grammes de bois
de réglisse. Le reste se compose
de produits que nous ne nomme-
rons pas, par respect pour les bu-
veurs de *sirop de Calabre.* —
Nota. On remplit toujours d'eau
le tonneau, qui se vide jusqu'à la
fin de la journée.

Le sirop de Calabre est un breuvage fort goûté,
qui semble remplacer le coco, le classique coco.

La marchande de pommes de terre frites, le

rôtisseur en plein air, le fabricant de galettes sont
là pour rassasier la faim. Chacun de ces types n'a
rien de bien curieux.

Se défier des pommes de terre frites : le plaisir
des gamins est de jeter dans la poêle tout ce qu'ils
peuvent trouver de plus étranger à la confection
des pommes de terre.

Voici le marchand de pommade du Sahara,
doué d'une longue chevelure brune qui, vue de
dos, lui donne l'aspect d'une femme. Sa pommade fait pousser les cheveux et empêche la
calvitie. Écoutons-le :

« Ma pommade, Messieurs, n'est pas une pommade ordinaire, oh! non, et je n'aurais aucun droit à l'amour des peuples étonnés si je vendais de la pommade semblable à celle de mes confrères. Tout le monde fabrique de ce produit; depuis la simple moelle de bœuf jusqu'à la véritable graisse d'ours, depuis la graisse employée pour les locomotives jusqu'aux huiles des baleines du grand Océan, tout sert, rien n'est perdu pour confectionner le corps que l'on se met sur les cheveux, et qui plus il est gras plus il graisse.

» Oui, Messieurs, tout sert. Mais recule, erreur! fuis-nous, ignorance! Toutes ces drogues sont nuisibles, car elles attaquent directement l'épiderme et peuvent en peu de temps perdre à tout jamais les plus belles chevelures, en détruisant le germe vital qui donne à nos cheveux cette force et cette superbe apparence.

» Moi, Messieurs, moi seul, je vends la véritable pommade du Sahara; seul j'en ai le secret, que j'offre après ma mort à l'Académie de médecine. Elle est essentiellement composée d'herbes aromatiques recueillies par moi dans les grrrrands déserts du Sahara que j'ai

habités pendant treize années, et je garantis ses
effets merveilleux et mirobolants.

» Admirez, Messieurs, la longueur de ma chevelure. Elle mesure trente-sept centimètres et n'a
que trois mois. Elle est aussi épaisse que longue
et soyeuse, douce au toucher ; telles sont ses qualités.

» Ma pommade est noire, mais n'y faites pas
attention. Sa noirceur en est sa vertu.

» Mais, me direz-vous, combien la vends-tu ?

» Partout je l'ai vendue 20 et 25 francs le pot.
Mais, pour me mettre à la portée de toutes les
bourses, je la cède à 1 franc, 1 franc le pot. Allons,
qui en veut ?... »

Le même industriel vend des savons à 15 centimes, revêtus de l'étiquette suivante :

SAVON DULCIFIÉ
A L'USAGE DES GENS DE DISTINCTION
Pour velouter les peaux les plus rebelles.

Faisons faire, si vous le voulez, notre charge,
c'est l'affaire de cinq minutes. Des ciseaux et un

papier noir et voilà votre ressemblance garantie, exacte, authentique. Coût : 10 centimes.

On a bien raison de dire : il n'y a que l'aplomb qui sauve ; car toutes les charges exécutées depuis le matin jusqu'au soir se ressemblent.

Arrêtons-nous ici... Quel est donc cet homme qui trace un grand cercle sur le bitume avec un morceau de blanc, et qui fait sortir la foule hors de cette enceinte improvisée ? Ses paroles vont nous l'apprendre :

« Reculez, Messieurs, reculez ! Que personne ne dépasse la limite tracée, sous peine de deux sous d'amende. Ici, les premières, on ne paye pas ; ici, les secondes, c'est gratis ; là, les troisièmes, ça ne coûte rien. Vous êtes libres de rester debout, ceux qui veulent s'asseoir peuvent apporter des siéges.

» Et, en avant la musique ! Ah ! mais j'y songe, mon orchestre s'étant subitement trouvé indisposé, m'a chargé de l'excuser auprès de vous. Et, au fait, passons-nous de la musique. Du reste, c'est un art qui a été inventé pour embêter les populations qui n'y entendent rien. Pour moi, j'avoue que je n'ai jamais rien compris aux beautés des accords, et, parmi vous, il en est beaucoup qui sont comme moi ; j'en suis moralement persuadé.

» Mais, peu vous importe.

» — Qui es-tu, direz-vous ?

» — Qui je suis ?

» — Ah ! c'est ici où nous allons rire. Qui je suis ? Mais tout simplement un commerçant, et un riche commerçant, qui veut vous vendre ses produits.

» J'ai une maison à Paris, une à Marseille, une à Londres, une dans les Indes orientales. Capitaliste, millionnaire, je suis fatigué de vendre aux riches, de recevoir les compliments flatteurs des belles dames, de traiter avec les huppés des cinq parties du monde.

» Les riches m'ont enrichi, c'est à mon tour à faire participer les peuples entiers à cette haute fortune dont on m'honore, et qui me pèse, oui,

Messieurs, oui, elle me pèse, et si parmi vous il
en est un qui ne croie pas un mot de tout cela,
qu'il s'avance; qu'il le dise hautement, et je le
confondrai en lui montrant mes nombreuses et
princières propriétés. (*Silence.*) Personne ne
doute ? Alors, je peux vous parler avec la même
franchise. (*Pause.*)

» Au fait, non ! Les paroles ne servent à rien.
Des faits ? En voici !...

» (*Il ouvre une boîte où sont contenues des
chaînes de métal de toutes les formes et de toutes
les grandeurs.*) Ce que je vends ? Des chaînes de

montre, Messieurs, de toute espèce. En or, en
argent, en platine, en pierreries, et même en imitation aux prix les plus réduits. Tout est contrôlé
derrière la porte de la Monnaie. Celle-ci, 1 franc,

en or ; celle-là, 60 centimes, en argent pur. A qui ce splendide tour de cou, de 75 centimes? » etc.

Une fois la vente faite, notre millionnaire referme sa boîte, remet son paletot qu'il avait enlevé pour débiter ses articles, et s'en va porter sur une autre place son industrie et ses marchandises.

A force de répéter qu'il est millionnaire, il finit par le croire ; mais la réalité revient le soir, lorsque, l'estomac criant la faim, il faut aller donner au restaurant le produit de son travail du jour.

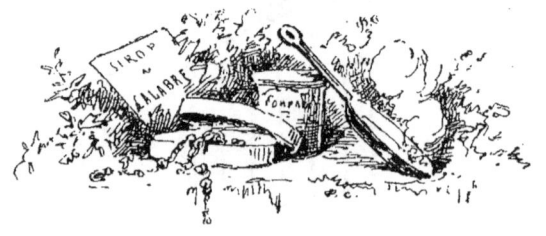

L'HOMME AU PAVÉ

(D'après nature.)

CHAPITRE XXI

INDUSTRIES ET CÉLÉBRITÉS DE LA RUE

L'homme aux rats. — L'homme au pavé. — Le marchand
de vulnéraire suisse. — Tripoli. — Découper des pommes
à l'intérieur. — Savons à détacher. — Chaînes pour les
nerfs. — Plantes de Judée.

UOIQU'IL soit mort,
je crois devoir lui
consacrer quelques
lignes, parce que,
avant de *faire les
délices* des habitants
de la place du Trône
ou du rond-point de
l'Avenue de l'Obser-
vatoire, comme il di-
sait, il fréquentait les foires des environs de Paris.

Vêtu d'une sorte de houppelande, qui, dans le temps, mais il y a bien longtemps, avait dû être verte, qu'il boutonnait du haut en bas; le nez crochu, la peau cuivrée; doué d'une barbe dont les nombreux poils blancs attestaient la vieillesse, notre héros était connu dans tout Paris sous le nom de *l'homme aux rats.*

C'est que, en effet, l'industrie du père Charlot (c'était son nom), consistait à élever, apprivoiser et à montrer des rats. Singulière manie, direz-vous. A cela, s'il vivait encore, il vous répondrait de son accent nasillard et traînant qu'il est impossible de reproduire :

« Les bêtes, voyez-vous? c'est pas mauvais comme les hommes; et le rat, c'est la meilleure bête qu'on puisse avoir. »

C'est le même qui possédait un hérisson, qu'il montrait sous le nom de *sanglier marin.* Quand il trouvait un bourgeois naïf, il le lui mettait sous le nez en lui disant :

« Entendez le bruit des flots ? »

Et il le piquait en le lui présentant sous le nez.

« Pardon, le sanglier est en colère !... »

Et ses histoires sans fin, il fallait les lui entendre raconter !

« Tenez ! voici un vrai hibou (*l'animal était empaillé*).

» Eh bien, cet animal, quand il vivait, car il a vécu, a vu un jour passer une voiture pleine de veaux : il en a pris un et l'a emporté dans le fond des fortifications, où il l'a dévoré.

« Voici le vampire, qui vient des forêts incultes de la Chine,

23

où il n'y a que des Chinois ; la première fois que je l'ai vu (*pause*)... et bien, je ne l'avais pas encore vu... »

Le vampire était simplement une chauve-souris empaillée.

« Maintenant le travail surprenant des rats. »

Il dressait une petite échelle sur sa table, et faisait grimper trois rats en leur disant :

« Montez ! Montez ! Voyez comme ils montent ! »

Et secouant l'échelle pour les faire dégringoler, il ajoutait :

« Descendez ! descendez ! Voyez comme ils descendent ! »

On jetait quelques sous au bonhomme, qui les empochait tranquillement : il ne fallait pas lui demander combien il vous vendrait un de ses rats.

« Mes rats, monsieur, ne quittent pas grand-père ! »

La séance finie, il réintégrait ses animaux dans sa poitrine et dans les larges poches de sa houppe-lande, il enfouissait l'échelle dans une ouverture pratiquée à l'intérieur de son vêtement, repliait sa table, la prenait sous le bras, et d'un air grave quittait la place pour aller ailleurs recommencer la séance sans en changer un mot.

Les gamins prenaient plaisir à faire mille niches au vieux bonhomme. Il les laissait faire sans s'émouvoir ; mais lorsqu'il pouvait en attraper un, celui-là payait pour les autres, et ses oreilles tirées jusqu'au sang lui conseillaient de ne plus recommencer ses méchancetés.

L'homme aux rats est mort maintenant ; c'est à l'hôpital qu'il a rendu le dernier souffle. Il était âgé de quatre-vingt-un an, et faisait le métier d'élever et d'exhiber des rats depuis 1830.

Le père Charlot n'était pas un fou, comme on l'a prétendu ; on n'a jamais su au juste d'où lui est venue cette singulière manie du *rat*. A plusieurs reprises, les journaux se sont occupés de lui, ce qui l'a rendu très-fier. En juillet 1869, le *Petit Journal* avait publié un article sur son compte, cet article contenait quelques inexactitudes, le père Charlot apporta lui-même une lettre rectificative.

Ce singulier personnage est mort, dit-on, par suite des contrariétés que lui a causé l'enlèvement de quelques-uns de ses pensionnaires. Pendant le siége, des voisins peu délicats, et pour lesquels, en ces moments difficiles, toute nourriture était bonne, ont surpris une partie de ce qui constituait la propriété ou, pour mieux dire, les moyens d'existence du brave homme ; ses rats les mieux dressés furent mangés. Il avait consacré des années à leur éducation ; et il sentait que son âge ne lui permettrait pas d'en recommencer une nouvelle. Le spleen l'a gagné; il est mort de tristesse.

Et comme en mourant il n'a légué à personne son secret d'élever des rats, il n'a pas encore de successeur.

De l'homme aux rats à *l'homme au pavé*, il n'y a qu'un pas, d'autant plus que, sans se ressembler, ces deux figures se complètent l'une l'autre. Ne se parlant jamais, travaillant chacun de son côté, se rencontrant sans même se regarder, ces deux êtres sont connus de tout Paris-badaud, et plusieurs journaux, *l'Illustration, le Journal amusant,* leur ont consacré des articles et des dessins.

Quelques traits suffiront donc pour rappeler au public ce type bizarre, cette physionomie originale.

L'homme au pavé est vieux : ce qui fait mentir

le proverbe, que, dans ce métier, on n'arrive pas à un âge avancé ; sa structure, si nous pouvons nous servir de cette expression, est antianatomique ; l'homme est long, légèrement voûté. Quand il marche, le corps se balance de droite à gauche, comme s'il ne tenait pas sur sa base. Ses bras sont forts, ses jambes minces.

La tête est caractéristique. Les yeux sont enfoncés dans leur orbite ; ils sont petits, méchants ; le nez, crochu, ferait croire qu'il descend d'Israël. Le *facies* est ravagé par la petite vérole, qui a détruit l'harmonie de ses traits. Une barbe inculte, rougeâtre, encadre sa figure longue. Les cheveux sont retenus sur la tête par un bandeau d'étoffe rouge, ce qui n'empêche pas les mèches inférieures de flotter au vent de la façon la plus désordonnée.

Voilà pour le physique, le moral lui ressemble ; les boniments sont lourds, fades, sans entraînement. Ce qui le sauve, c'est la voix, véritable voix de Stentor, dont le creux pourrait rivaliser avec les basses-tailles les plus caverneuses. Un maillot, qui laisse voir son cou noueux, retient ses formes ; ses poignets sont serrés dans un bracelet de cuir ; des brodequins de peau enferment ses larges pieds ; inutile d'ajouter que le maillot est d'une propreté négative, pour ne pas dire qu'il est sale. Ch. Yriarte disait de l'homme au pavé : « C'est un masque du faune antique, mais du faune interprété par Daumier. »

Et c'est vrai.

Après s'être arrêté à l'endroit qu'il affectionnait, l'homme au pavé développait un tapis troué qu'il étendait à terre ; puis il plaçait un vieux foulard bleu, un pavé, une petite table à quatre pieds et quatre bouteilles dans un coin de cette scène improvisée, et le spectacle commençait.

C'était d'abord une chanson, mais une chanson poussée avec une vigueur et une sonorité de voix extraordinaires, qu'il chantait pour attirer les promeneurs ; et ce chant, si l'on peut décemment qualifier de chant ces hurlements, dominait tous les bruits de la rue ou de la place, tellement il était entonné avec ardeur.

Une fois le monde rassemblé, le travail commençait, entremêlé de quelques *à parte*, et d'un dialogue avec un être imaginaire que l'homme au pavé semblait voir devant lui.

Dans ces moments, il avait l'air d'un fou.

Ses exercices consistaient à lever un pavé avec les dents, lequel pavé était enfermé dans un fou-

lard, et à le rejeter par-dessus son épaule, comme
s'il se fût agi d'une plume.

Il plaçait ensuite le pavé sur la table, surmon-
tait la table d'une chaise, et opérait ses disloca-
tions ; il arrivait, la tête renversée, à saisir le
foulard et son contenu, et à se relever avec ce
singulier chargement à la bouche.

C'était là ses deux exercices favoris ; mais un
jour, s'apercevant que le public ne mordait plus
à son spectacle, il voulut frapper un coup de
maître. Il y réussit.

Plaçant la table et la chaise sur quatre bouteilles,

il se hissait sur ce château branlant et recommen-
çait ses mêmes exercices. C'était très-fort, comme
disaient les bons bourgeois, qui s'arrêtaient
étonnés.

L'homme au pavé était gueux; sa journée lui
rapportait juste de quoi ne pas mourir de faim?
Quelquefois un passant lui jetait une pièce
blanche; notre héros allait alors le remercier
personnellement.

Je ne sais où est l'homme au pavé maintenant.
En tout cas, il vivra longtemps dans la mémoire
de tous ceux qui l'ont connu; c'est ce que l'on peut
appeler un être typique.

Citons maintenant les industriels qui se donnent rendez-vous à toutes les fêtes des environs de Paris.

C'est d'abord le *marchand de vulnéraire suisse*, qui se promène comme un bon bourgeois, sans s'inquiéter qu'il a derrière lui une dizaine de gamins que son costume a attirés. C'est que, pour vendre ses fioles, il s'est accoutré d'une façon bizarre.

Un pantalon blanc à pont, un uniforme de
chevalier de Malte, un tricorne d'une
hauteur exagérée et des gants, des gants
blancs, s'il vous plaît; telle est la *livrée*
de notre personnage. Il parle peu, débite
quelques uns de ses longs flacons, pa-
nacée universelle, et quitte la fête aussi
paisiblement qu'il y est venu.

   Puis le *marchand de tripoli*, vêtu d'une capote
de soldat, dont les bou-
tons brillent comme de
l'or neuf.

   Mais ce n'est pas là le
vrai Tripoli, l'ancien soldat volontaire de la pre-
mière République, auquel
Ch. Yriarte a consacré
un chapitre spécial dans
son intéressant volume,
que j'ai déjà cité : *les Célébrités de la rue.* Celui-ci
n'est qu'un parodiste. Ce
qui ne l'empêche pas de vendre ses boîtes de
poudre et d'en vendre une certaine quantité.

   Tripoli a ses clients. Dans certaines casernes,

les soldats croiraient manquer à tous leurs devoirs en achetant le tripoli nécessaire à la propreté de leurs boutons à d'autres qu'à lui.

C'est une figure connue, mais qui n'a rien de bien saillant.

Passons en revue maintenant les petites industries :

L'homme qui vend du savon à détacher, et qui, s'adressant à un bourgeois, lui frotte sa redingote sans laisser au patient le temps de protester; l'opération terminée il lui dit :

« C'est 10 centimes, Monsieur, pour avoir nettoyé la saleté de vos habits. »

Le monsieur donne ses dix centimes, et file
bien vite, pour éviter les quolibets de la foule.

Le marchand de cartes biseautées, qui vend des
cartes pour exécuter certains tours de société. Les
jeux sont coupés sur le côté droit en biseau ; s'il
sort une carte et la place en sens contraire, il la
reconnaîtra toujours, la carte se trouvant plus
large que les autres. Cet homme est très-mal-
adroit, ce qui de l'empêche pas de dire qu'il pré-
pare toujours des nouveautés qui feront pâlir la
gloire de Robert-Houdin.

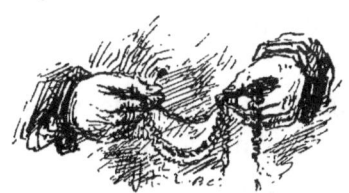

Le *marchand de chaînes électriques*, pour cal-
mer les maladies de nerfs les plus rebelles.

Le *marchand de plantes de Judée*, qui fleuris-
sent lorsqu'on les trempe dans l'eau.

Le *marchand de diamants* à 5 sous, pour
couper le verre.

Achetez un de ses diamants, vous n'êtes pas
capable de séparer une feuille de verre en deux,
tandis que notre homme coupe des bouteilles en
spirale. Si vous lui demandez la cause de votre
maladresse, il vous répondra :

« Le tout, c'est de savoir. »

L'homme qui découpe des pommes. Il vend son secret, dont voici la copie :

MANIÈRE
DE DÉCOUPER UNE POMME

Vous introduisez une aiguille enfilée dans une pomme, vous ramenez les deux bouts du fil, et, traçant ainsi les dessins que vous voulez, vous tirez sur les deux bouts; le dessin se trouve alors marqué.

Vous n'avez plus qu'à découper la pomme pour le voir.

NE PAS LIVRER CE SECRET

Voilà, au moins, une explication qui est claire ?

Le *raccommodeur de porcelaines*, le *marchand de cannes*, l'homme qui vend des *photographies* ne me paraissent pas des types assez curieux pour que j'en parle longuement.

En voilà assez sur les industries et célébrités des rues.

Si j'en ai omis quelques-unes, c'est à dessein, ne voulant esquisser que les types que le lecteur connaît déjà.

JEANNE D'ARC

24

CHAPITRE XXII

LES THÉATRES

ERSONNE n'ignore, chers lec-teurs, que, dans toutes les foires, il y a de grands théâtres parfaitement organi-sés ; et il ne me semble pas moins curieux de dire quel-ques mots de ces succursales de nos scènes de Paris, que de vous parler des femmes à barbe ou des géantes.

Les pièces que l'on représente sur ces théâtres sont généralement des pièces dramatiques, dont les sujets sont tirés des grandes actions de notre histoire. Souvent des auteurs complaisants ont arrangé des drames joués à la Porte-Saint-Martin ou à la Gaîté, et les ont réduits pour les rendre conformes au cadre que comportent ces théâtres, leurs troupes, leurs trucs et leur public.

Les citer tous serait difficile, d'autant que beaucoup, dédaignant les alentours de notre bonne ville de Paris, préfèrent donner leurs représentations en province, pendant les grandes foires ; quelques-uns vont jusqu'en Belgique, en Hollande ou en Suisse. Il en est même qui n'ont pas craint d'aller se geler en Russie, et ont affronté les froids de Moscou et de Saint-Pétersbourg avec une crânerie toute remarquable.

Parmi les principaux théâtres dont je parlerai, la place d'honneur revient sans contredit au *Théâtre des Variétés*, directeur M. Legois. Aujourd'hui, c'est *Jeanne d'Arc* ou le siége d'Orléans qui fait les frais de la représentation.

La direction ne se plaint pas d'avoir choisi cette pièce, car les recettes encaissées sont fort satisfaisantes : ce qui est le principal.

JEANNE D'ARC

IMMENSE SUCCÈS!!!

C'EST A EN RENDRE L'OPÉRA JALOUX

Mais avant de pénétrer dans le théâtre, jetons
un coup d'œil sur l'affiche, que je reproduis sans
en changer un mot.

THÉATRE DES VARIÉTÉS
Direction de la famille LEGOIS

Le Théâtre, éclairé au gaz, contient 600 personnes, toutes places convenables

STALLES, PREMIÈRES, SECONDES

IMMENSE SUCCÈS

JEANNE D'ARC

AU

SIÈGE D'ORLÉANS

Drame historique à grand spectacle, en 3 ACTES, joué par 40 personnes
Décors   ent nouveaux, Costumes, Armes, Armures de l'époque,
                  utés par M. FERDINAND, costumier de Paris

PREMIER ACTE

LE VILLAGE DE CHINON

DEUXIÈME ACTE

SO IS LES MURS D'ORLÉANS

TROISIÈME ACTE

LE BUCHER

GRANDE APOTHÉOSE

ÉCLAIRÉE AU FEU ÉLECTRIQUE

Jeanne d'Arc transportée au milieu des nuages, les anges la couronnent.

Nota. — S'il est un nom historique qui soit gravé dans tous les cœurs français, c'est sans contredit celui de l'héroïne qui sauva son pays de la domination anglaise, en faisant fuir devant elle les ennemis de la France, et scella de son sang l'affranchissement de son pays... Le drame de Jeanne d'Arc est un monument consacré à la nation française; sur la scène sont représenté ses plus belles actions. — Espérons que les suffrages ne feront pas défaut à ce grand drame national? Aujourd'hui, la France entière vient de s'associer par une souscription nationale au rachat de la tour de Rouen, où l'héroïne martyr fut enfermée jusqu'au moment de son supplice.

DISTRIBUTION DES ROLES
JEANNE D'ARC, Mlle Clémence LEGOIS

Charles VII, MM. Louis SELLE; Dunois, EDMOND; Talbot, LEFÈBVRE; Bertrand, Marie PERROT; Le sir de Coudray, Emile CADOT; Un héraut d'armes, JULES; Le bourreau, LERIBAULT; Un factionnaire, Alph. HOUPE Deux chevaliers, GASTON et PROSPER; Deux moines, DURAND et DUFRESNE; Un officier anglais, SALVATOR.

Pages, seigneurs, soldats français, soldats anglais, paysans, paysannes, etc

Prenons maintenant nos billets au contrôle : des premières, si vous voulez, donnons chacun à la buraliste nos 5o centimes, et pénétrons dans la salle.

Le théâtre est long, éclairé au gaz. Aux premières on est assis sur des banquettes recouvertes d'une étoffe rouge, aux secondes, sur des simples bancs, et aux troisièmes... on reste debout, libre toutefois que l'on est de trouver que c'est peu agréable d'applaudir *Jeanne d'Arc* dans cette posture. Mais n'importe, le tout est de rire, et je vous garantis que ce n'est pas aux troisièmes que la gaieté est morte. Ce ne sont que quolibets, disputes, cris, rires, qui dominent la voix des acteurs, sans toutefois les troubler. Ce qui prouve que les artistes sont convaincus, car ils ne sourcillent même pas.

L'orchestre se compose d'un premier et d'un

deuxième piston, d'un trombone, d'une contre-
basse en si bémol, d'une petite flûte en ré bémol,
d'un violon et d'un orgue, ce dernier meuble est
joué par un *spécialiste*, qui a trouvé des doigtés
et des variations à lui, auprès desquels nos grands
organistes ne sont que des élèves.

Le premier piston bat la mesure traditionnelle
pour rien et un récitatif en forme d'ouverture est
puissamment attaqué par tous les musiciens : de
temps à autre, un instrument s'égare, une note,
perçante ou grave, vient troubler le calme d'un
silence; mais cela n'est rien, et le morceau continue jusqu'au lever du rideau.

Il serait trop long de donner un *compte rendu*
de *Jeanne d'Arc*. L'héroïne est représentée par la
demoiselle de la maison, Mlle Clémence Legois,
une belle fille, ma foi, qui n'a qu'un défaut, c'est
de paraître bien âgée, ce qui dépoétise passablement le personnage de la jeune Jeanne. Mais on
n'y regarde pas de si près, et Mlle Clémence possède une chevelure noire, si belle et si longue,
que cela fait passer sur bien des choses.

La courageuse Jeanne a pris son rôle à cœur;
elle dit et répond aux Anglais d'une façon tout
énergique, et possède, dans ces moments, un cer-

tain geste de bras de droite à gauche, qui fait
songer aux lutteurs des loges voisines.

C'est là le premier rôle de la pièce. Les autres
sont tenus par M. L. Selle, M. Edmond, M. Le-
febvre et M. Perrot, ce sont là les principaux.

Le comique, car il faut nécessairement un comique, est très-amusant : il vous a une façon de
battre le héraut d'armes qui m'a fort réjoui.

Au troisième et dernier acte, Jeanne monte sur
le bûcher, le bourreau, tout de rouge habillé,
possesseur d'une barbe qui ferait pâlir celle
d'un moine, arrive avec sa torche, et les flammes
entourent Jeanne, pendant que l'orchestre attaque

avec énergie le *Guerre aux Tyrans*, de *Charles VI.* Dans le fond, un panneau se lève et l'on

aperçoit la courageuse bergère de Domrémy, couronnée martyre par deux anges.

C'est admirable.

Ce serait là une scène pleine d'attendrissement, si les titis ne remplissaient la salle de leurs quolibets :

« Dis donc, Ernesse, r'garde-la donc, es'brûle !
Va s'y donc chercher les pompiers !

« Et la mère, fais donc attention, le feu va
brûler tes cotillons ! »

Les costumes sont de l'époque et l'affiche nous
a appris qu'ils sortaient des ateliers de M. Ferdi-
nand, costumier de Paris.

Les armures et les casques en fer-blanc, les
maillots, les étendards, les deux petits poulains
également caparaçonnés, tout cela est magnifique.

Je faisais cette réflexion que le garçon qui,

chaque matin, astique les armures en fer-blanc,
devait avoir bien du mal.

Jeanne d'Arc alterne avec la *Tour de Nesle.*
Je voudrais bien vous donner une idée de ce
dernier drame : mais j'ai eu beau prendre des

notes, écouter attentivement et y retourner plusieurs fois, j'avoue n'y avoir rien compris du tout.
D'où il résulterait ou que je manque totalement
d'intelligence, ou que c'est la *Tour de Nesle* qui
est incompréhensible. Franchement, j'aime mieux

croire cette dernière hypothèse, et encore ce n'est pas là un bien grand éloge que je m'adresse.

Voulez-vous des pièces militaires maintenant? Allons à côté du théâtre des Variétés, aux *Nouveautés;* nous assisterons à la *Prise de Mascarat,* pièce militaire, en trois actes et deux tableaux, jouée par les premiers sujets de la troupe.

Rien ne manque ici : les Bédouins barbouillés au jus de réglisse, les coups de fusils, les combats à l'arme blanche, l'amour d'une jeune Française, la mort du traître ; tout ce qui pouvait entrer de plus dramatique et de moins neuf comme situation, a été largement employé par l'auteur à la confection de son drame.

A un moment, les Bédouins semblent l'emporter ; mais, et c'est ici que l'on respire, les invincibles cadets de France finissent par tuer tous les moricauds, sans en laisser un seul vivant et sans perdre un seul des leurs.

C'est là une des forces de la convention littéraire, mais le public est satisfait ; et la recette empochée prouve au directeur que sa pièce produit un effet puissant.

Passons maintenant au Théâtre-Brésilien des 74 artistes à quatre pattes.

C'est mille fois plus amusant que la *Tour de Nesle*, et quand on pense à l'intelligence et à la patience qu'il a fallu pour dresser les artistes de cette singulière comédie, on est tout satisfait d'applaudir ces petits acteurs si gentils et si pleins d'entrain.

Voici le programme du spectacle auquel j'ai
assisté dernièrement à Anvers ; et l'on remar-
quera que, de toute la troupe, il n'y a que deux
personnes qui ne possèdent que deux pattes : le
directeur, M. Fulgoni, de Milan, *Si vi piace*,
et M. Albert, physicien médaillé.

Comme il eût été curieux de ne pas voir un
seul homme au milieu de ces petites bêtes ! Pourquoi donc n'a-t-on pas cherché à dresser un singe,
par exemple, qui eût dirigé les exercices de toute
la troupe. C'eût été nouveau et varié. Et comme
le singe possède, dit-on, quelque ressemblance
avec l'homme — consultez à ce sujet M. Littré, —
on pourrait confier le poste de directeur à un de
ces quadrumanes, certain d'avance qu'il aurait
rempli sa mission avec un zèle et une ardeur
remarquables.

Superbe alors l'affiche : Le directeur de la
troupe est un singe !...

FOIRE D'ANVERS, PLACE SAINTE-WALBRUGE

THÉATRE ET CIRQUE QUADRUMANE BRÉSILIEN

DES

74 ARTISTES

A QUATRE PATTES

Sous la direction de M. J. FULGONI, de Milan.

ORDRE DU SPECTACLE :

1. LE DINER AFRICAIN, servi par les cuisiniers et la cuisinière les plus farceurs de la troupe. Voyageurs à table : un Japonnais, un Chinois, un Mandrille, un Papillon, un Regus, un Lapon.
2. LA REVUE par le général Coscoroco, infanterie, quatre chiens ; le cheval du général, un chien ; le général, un gros magot.
3. LA CHÈVRE ESMÉRALDA surprendra les spectateurs par ses exercices extraordinaires ; au commandement de son dompteur, elle tirera un coup de pistolet.
4. LA PROMENADE de Madame Batavia.
5. LE DANSEUR DE CORDE, leçons d'agilité, par un chien.
6. LE SPORTMAN TOM, exercices de haute école par le chien Terre-Neuf Tom, gros Papillon.
7. MADAME DE POMPADOUR se rendant au-devant de Louis XV après la bataille de Fontenoy ; renversement de la voiture, relevée par les piqueurs et les laquais. — Madame de Pompadour, un singe ; laquais et piqueurs des singes ; les chevaux, deux chiens danois.
8. LA CHÈVRE ÉQUILIBRISTE SUR LES BOUTEILLES.
9. LE SINGE ÉCUYER, travail extraordinaire, par un chien danois et un singe lapon.
10. L'ASCENSION DE LA BOULE, par un singe de la plus grande race.
11. COURSE ARABE, grande fantaisie par deux chiens et deux singes.
12. LE DÉSERTEUR, drame militaire. Le soldat Azor ayant quitté son drapeau pour suivre la cantinière du régiment est traduit devant un conseil de guerre, jugé, condamné, exécuté et porté à sa dernière demeure. Azor, un chien griffon ; un gendarme, un chien mouton ; un brigadier à cheval, un singe et un chien ; un procureur, un singe africain ; un grenadier, un singe mandrille ; un greffier, un singe blanc ; le croquemort, un singe magot d'Afrique.

GRAND INTERMÈDE DE PHYSIQUE
Par **M. ALBERT**

Célèbre Prestidigitateur, Professeur de Physique, breveté et médaillé. Membre d'honneur de la Société Royale de Méhul de Bruxelles sous le patronage de **S. M. LÉOPOLD II.**

LA FONTAINE AMÉRICAINE
ou les eaux féeriques, éclairée par la lumière électrique.

LA REPRÉSENTATION SERA TERMINÉE PAR

LE CHIEN LUCIFER

faisant l'ascension dans le feu d'artifice et plusieurs autres exercices.

25

Ce qu'il y a de plus amusant, c'est la scène du
Déserteur.

Azor est un chien bien docile·, car il joue son
drame avec un aplomb et une sûreté pleine d'intelligence; en échange, il reçoit nombre de morceaux de sucre, ce dont il ne se plaint pas, je vous
assure.

Les exercices de prestidigitation de M. Albert,
viennent pendant un entr'acte en guise d'intermède.

La modestie n'est guère l'apanage des physiciens, aussi M. Albert se déclare-t-il d'une adresse
merveilleuse.

Il n'a peut-être pas tort de nous en prévenir avant sa séance, car on pourrait bien complétement douter de son magnifique talent.

J'ajoute à cela, qu'il est breveté et médaillé. Ce mot médaillé laisse rêveur. Médaillé de quoi ?

Le chien Lucifer est d'une intrépidité sans pareille. Il faut voir le caniche entouré de flammes faire l'ascension d'une sorte d'escalier. Aussi est-il justement couvert d'unanimes applaudissements.

Ce théâtre est fort bien organisé, disons-le à la louange de M. Fulgoni, le directeur, qui ne doit pas se plaindre des recettes, autant que j'ai pu en juger par moi-même, la salle étant pleine à chaque représentation.

Ce serait un oubli de ma part, que de ne pas dire quelques mots du théâtre *Corvi*.

Comme il est bien peu de personnes qui ne l'aient pas visité, il me suffira de rappeler les principaux artistes et leur travail, en reproduisant cette affiche :

Le théâtre et cirque Corvi, est admirablement bien organisé ; les animaux sont tenus avec un soin tout particulier ; ils ont de nombreux valets à leur service. Les spectateurs sont confortablement assis.

Une charmante femme, Mlle Judita Rossi, dont les blanches épaules rivaliseraient avec le col d'un cygne, exécute une séance d'escamotage ; elle s'en tire avec une grâce charmante, et c'est chose fort agréable que de voir la jeune femme escamoter une muscade ou tirer d'un chapeau des douzaines de lanternes vénitiennes, toutes allumées.

Quoique femme, Mlle J. Rossi est dix fois plus adroite et sait dix fois mieux tirer parti d'un tour que beaucoup d'escamoteurs qui battent monnaie à Paris avec les gobelets.

C'est maintenant le tour du grand *Théâtre-Cirque Loisset.*

Et quand je dis grand théâtre ce n'est pas exagéré.

Ce cirque est un des plus beaux que je connaisse ; il est beaucoup plus grands que nos deux cirques de Paris; le personnel compte environ trois cent-cinquante ou quatre cents personnes. Artistes, écuyers, écuyères, cochers, palefreniers.

Les écuries supérieurement organisées renferment environ soixante ou quatre-vingts chevaux, indépendamment des chiens, poneys, lions, animaux féroces.

Un bureau et caisse sont établis pour les paiements, les comptes, les billets, comme dans une grande maison de commerce. La paie se fait le samedi, et tout marche avec une régularité parfaite.

M. Loisset est un homme intelligent ; il connaît son public à fond.

Ses programmes sont variés, et nombre de *sujets* que nous applaudissons au cirque des Champs-Élysées ou au cirque d'Hiver, ont débuté chez lui.

Ajoutons que chaque fois que le cirque se déplace, ce qui lui arrive en moyenne une fois par mois, un train chauffé spécialement emmène matériel, artistes, chevaux, théâtre, en un mot, tout ce qui fait partie de cette grande organisation ! C'est dire que M. Loisset possède de belles et nombreuses valeurs en portefeuille.

Voici une affiche d'un spectacle qui se donnait à Amiens en 1872, je la reproduis entièrement.

On le voit par ce programme, les exercices sont
des plus variés ; un orchestre excellent n'ayant
rien de commun avec les grotesques que l'on entend dans les autres théâtres, exécute les morceaux les plus en vogue ; le public est confortablement assis.

Dans la journée on peut visiter les écuries,
moyennant une redevance de o,15 centimes par
personne, et chacun s'extasie sur l'élégance des
boxes et la tenue parfaite des écuries et du matériel.

Avant de quitter une ville, M. Loisset offre à
tout son monde trois ou quatre bénéfices, entre
autres un pour le bataillon des clowns, qui sont
au nombre de dix environ. Les trois derniers
jours, l'entrée donne droit à un billet de tom-
bola. Le premier jour le possesseur du numéro

sortant gagne un mouton ; le second jour un âne ou un poney ; le dernier un cheval ou 600 fr. à prendre à la sortie sur présentation du numéro.

En 1872, le gros lot fut gagné à Asnières, par M. Deboves, négociant, rue de Beauvais. Comme un cheval est quelquefois gênant, il a préféré prendre les 600 fr. qu'on lui a remis, en six billets de 100 fr. liés par une faveur rose.

Ajoutons que le cheval en loterie est promené le jour par toute la ville au son de la musique, escorté d'une cavalcade composée des principaux artistes de la troupe.

N'oublions pas les demoiselles Loisset, qui sont, ma foi, fort jolies et qui, dans les différents ballets représentés sur le théâtre, récoltent chaque soir de nombreuses salves d'applaudissements.

Voici maintenant le théâtre de la *Gaîté*. L'affiche que je reproduis nous annonce *le Château incendié*, grand mimodrame en trois actes.

Les acteurs, malgré leur bonne volonté, sont grotesques.

L'affiche annonce une représentation au bénéfice de MM. Vissère et Leclair, clowns de la troupe. Il me souvient que ce soir-là le théâtre était rempli.

CHAMP DE FOIRE

THÉÂTRE
DE
LA GAITÉ

Aujourd'hui Jeudi 29 Juillet 1869
A 8 heures 1/2 du soir
REPRÉSENTATION EXTRAORDINAIRE
Au bénéfice de MM. VISSERE et LECLAIR, clowns de la Troupe

SOIRÉE ARTISTIQUE
Par le personnel de la troupe
**A la demande générale, le travail extraordinaire de
Mme POULMARCH, qui finira par se renfermer dans
sa boîte de cristal de 40 centimètres,**
Pour la première fois
LA GRAND'MAMAN
Scène comique par les bénéficiaires
LES JEUX ICARIENS
par M. POULMARCH et ses enfants.
PREMIÈRE REPRÉSENTATION DE
LE DUEL AUX BATONS
Scène burlesque par les bénéficiaires.
A la demande générale, pour la deuxième fois
LE CHATEAU INCENDIÉ
Grand mimodrame en 3 actes et 6 tableaux joué par
50 personnes.

Premier tableau, **LES DEUX MENDIANTS.** — Deuxième tableau,
L'INCENDIE DU CHATEAU. — Troisième tableau **LE BIVOUAC.**
—, Quatrième tableau, **LA TRAHISON.** — Cinquième tableau, **LE
DÉVOUEMENT D'UN FILS.** — Sixième tableau, **LA JUSTICE DE
DIEU.**

Ces messieurs n'auront pas eu à se plaindre de
la recette.

Citons les principaux théâtres sans entrer dans
de grands détails.

Voici le Théâtre Vivien :

DIRECTION VIVIEN

Aujourd'hui et jours suivants

GENEVIÈVE
DE BRABANT

Pièce en 5 actes et 9 tableaux, représentée d'un genre nouveau

DISTRIBUTION :

Premier acte et premier tableau
Les Adieux du général Sylfroid à la comtesse Geneviève
Deuxième tableau
**Le camp de la Palestine et la condamnation de
Geneviève**
Deuxième acte et troisième tableau
Geneviève dans la prison sous les ordres de Gollot
Quatrième tableau
**Geneviève conduite dans la forêt par deux de ses
Serviteurs**
Troisième acte et cinquième tableau
Le Songe du général Sylfroid
Sixième tableau
**La partie de chasse du général Sylfroid et l'innocence
reconnue à la grotte**
Septième tableau
**Le triomphe de Geneviève et la condamnation
de Gollot**
Huitième tableau
La mort et le convoi funèbre de sainte Geneviève
Neuvième Tableau
Apothéose de sainte Geneviève et son arrivée en Paradis

DANSES ET MÉTAMORPHOSES

Le Jongleur. — Le Joueur de Chapeaux. — Le Danseur chinois.
— Le Fandango espagnol. — Le Tambour de basque. — Le
Hussard hongrois. — La Mère de famille. — Vénus à la tête
de Mort. — Le Marchand d'oublies et le Polichinelle. —
Le Ballon de Mme Blanchard. — La Poule merveilleuse. —
L'Éléphant du Roi de Siam. — Le Rémouleur. — Le Petit
Matelot.

Les grandes représentations seront terminées par
LE POLYORAMA MÉCANIQUE

Je retrouve une affiche du Théâtre Marcketti. Il me semble curieux de la reproduire. Sans autres commentaires, on peut se convaincre que la fameuse expérience de la *Malle* remonte déjà à un temps assez éloigné et même que loin d'avoir été créée à Paris, M. Marcketti l'a importée d'Angleterre. Ajoutons que ce tour était fort habilement exécuté.

Depuis MM. Robert-Houdin fils et Brunnet l'ont rajeuni, et tout Paris est allé voir leur *Malle des Indes.*

Le *Cirque Ciotti* mérite aussi que nous le visitions. — C'est une sorte d'*Alambra*. — Pendant toute la durée du spectacle, défilent de nombreux

artistes qui méritent des éloges. Nous les leur offrons de bon cœur.

Belle troupe de clowns.

26

GRAND CIRQUE CIOTTI
Sur le champ de Foire — Directeur M. Achille CIOTTI.

BRILLANTE REPRÉSENTATION
Dernière Semaine de

CENDRILLON

OU LA

PANTOUFLE DE VERRE

Grand Succès des personnages en miniature
dans lesquels paraîtra le

SHAH DE PERSE

REPRÉSENTÉ PAR UN JEUNE ENFANT
avec le costume national exactement reproduit;
A l'arrivée du Shah de Perse, l'orchestre jouera

L'HYMNE NATIONAL PERSAN

L'INDIEN AU COMBAT
Scène à cheval, par M. ASHBY

VIZIR
Cheval dressé en liberté, présenté par M. CIOTTI

LA ZIMPOLÉAREOSTATION
par les Frères TALBORNE et le petit LAWRIE
SAUTS PÉRILLEUX A CHEVAL

M. MAZUCCHETTI
LA GRACIEUSE ÉCUYÈRE, Mlle JEANNETTE

TRAVIATA
Jument de haute école, montée par M. CIOTTI

LES SONNEURS DE SAINT-PAUL
par MM. SCHOTCHY, MERILLERS et TANTE

LA SYLPHIDE
par Mme ASHBY, première écuyère de Londres

A ce théâtre, *Cendrillon* était monté d'une ta-
çon toute remarquable. La promenade de la pan-
toufle, portée par six hommes, éclairés dans leur
marche par la lumière électrique, provoquait
d'unanimes applaudissements.

La voiture de Cendrillon était menée par deux
tout petits chevaux, si mignons, qu'un clown les

portait sous son bras, aussi facilement qu'il l'eût
fait de deux chevaux de bois.

Rappelons le grand *Théâtre National*, des fêtes
de Paris, directeur, M. Potel. Spectacle varié.

Le Lac d'azur ou *la force d'un mollusque amoureux.*

N'oublions pas l'étranger, et donnons le programme du Théâtre-Néerlandais.

Jugez par le programme que je donne du Théâtre-Néerlandais, combien les exercices sont variés.

La famille Kunstenaar, d'Amsterdam, est fort aimable : nous l'avons constaté à plusieurs reprises.

PAR PERMISSION DE M. LE MAIRE

THÉATRE NÉERLANDAIS

Sous la Direction de la Famille KUNSTENAAR, d'Amsterdam

Le Directeur a l'honneur d'annoncer son arrivée pour la première fois en cette ville. — Après bien des peines et du travail, il est parvenu à réunir une Troupe composée d'Artistes des deux sexes, unique en son genre, pour la force, l'agilité, la grâce et la souplesse, et qui exécutera des exercices inconnus jusqu'à présent dans cette ville.

La Troupe KUNSTENAAR a parcouru les plus grandes villes de la Hollande, de l'Allemagne et une partie de la France; elle a eu l'honneur de travailler devant une foule de personnages distingués et partout son succès a été très-brillant. Elle ne négligera rien pour obtenir le même accueil en cette ville.

SALLE
AUJOURD'HUI

BRILLANTE REPRÉSENTATION
COMPOSÉE DE TOUTES SORTES D'EXERCICES NOUVEAUX

PROGRAMME

LA FÊTE CHINOISE
Exécutée par Mlles LÉONTINE, FLORE et ROSETTE.

LES PYRAMIDES D'EGYPTE
A L'INSTAR DES ARABES, exécutées par huit personnes.

LES JEUX ICARIENS,	DANSE ZÉLANDAISE,
Par la petite ROSETTA, âgée de 7 ans.	Exécutée en costume national, par Mlles FLORE et MATHILDE.

LES ANNEAUX AÉRIENS
Par M. COHN.

LA PROMENADE DE BACCHUS ou **LES ÉQUILIBRES DE BOUTEILLES**
Par la chèvre dressée, Présentée par M. COHN.

LA CARICATURE, scène comique par M. KUNSTENAAR.

LE CLOWN ET SES ÉLÈVES, intermède comique par M. ERMANN.

SAUT MORTEL, par Mlle ROSALIE.

Poses mythologiques sur le candélabre romain, variées avec feux de Bengale par deux Dames.

LE BAIGNEUR DU BRÉSIL, par toute la Troupe.

QUADRILLE POLONAIS, par deux Dames et deux Messieurs.

CHAQUE SOIR GRANDE PANTOMIME NOUVELLE
Exécutée par tous les sujets de la Troupe.

PRIX DES PLACES :
Premières, . — Secondes, cent. — Troisièmes, cent.
Les Bureaux ouvriront à h. — On commencera à h. précises.

J'ai assisté à Dunkerque aux exercices d'une troupe d'Arabes. Je reproduis le programme de leurs tours. La gravure représente *La colonne du temple de Jérusalem,* par les dix Touaregs. Cette pyramide vivante reposant sur un seul homme, est un des plus audacieux exercices que j'ai vus.

J'ajouterai que les Touaregs ont donné au Cirque de Paris de brillantes représentations.

LES ARABES TOUAREGS

Mais en voilà assez sur les Théâtres et les Cirques. Je sais que j'en ai oublié plusieurs. J'aurais pu dire un mot des établissements suivants :

Cirque Lorrin.
Cirque Romain.
Cirque Fernando.
Cirque Espagnol.
Tente Américaine.
Théâtre Klepkens.
Ménagerie Milanaise.
Théâtre des Célébrités.
Loges des Enfants célèbres.

Mais la place manquerait. Du reste, tous ces établissements se ressemblent. Qui a vu l'un a vu l'autre : avec cette seule différence que les uns sont plus considérables que les autres, les troupes plus ou moins nombreuses et les directeurs plus ou moins riches.

Dans les fêtes ce sont les spectacles que l'on préfère, et dans une année passerait-il dans la même ville trente Cirques, que l'on se garde-

rait bien de manquer à une seule représentation.
Ce qui prouverait assez que le vieil adage *Non
bis in idem* ment quelquefois.

LA TENTATION DE SAINT-ANTOINE

CHAPITRE XXIII

LES MARIONNETTES

La Tentation de saint Antoine.

oici, en quelques lignes , le compte rendu d'une pièce que j'ai vu représenter à un théâtre de Marionnettes. Elle me semble assez originale pour que j'en dise quelques mots.

Le théâtre représente l'ermitage de saint Antoine. Le solitaire rentre chez lui, suivi de *Saligot*, son compagnon légendaire. A peine a-t-il

27

disparu, qu'une bande de démons envahit la

scène en chantant ni plus ni moins que les cho-
ristes de l'Opéra :

Allons, partons, marchons, pour tenter saint Antoine;
De l'ermite, à l'instant,
Commençons le tourment.

Et, en effet, ils entrent tumultueusement dans
la maison du saint. Mais celui-ci les met aisément
en déroute avec son goupillon.

Paraissent alors Pluton et son épouse Proserpine. Dans un discours, que je regrette de ne pouvoir transcrire, Pluton, qui est un mari complai-

sant, engage Proserpine à triompher par tous les

moyens possibles de la vertu du saint. Elle promet de réussir, et Pluton *exit*.

La déesse infernale sonne à la porte de l'ermitage, et saint Antoine paraît. Alors la blonde séductrice lui débite cette déclaration dont j'ai toujours admiré la netteté et la candeur :

« Vertueux ermite du mont Sauvage, je viens,

par mes grâces et par mes charmes, t'induire la tentation et te faire commettre le péché mortel. »

Ainsi prévenu, je vous réponds que saint Antoine tient bon ; mais Proserpine abandonne les
vains discours pour serrer le saint de plus près.
Là, commence une défense héroïque dont rien
ne peut rendre le grotesque, et qui se termine par
la déroute de Proserpine que le bon saint Antoine
poursuit armé d'un tison.

Ce haut fait accompli, il tombe à genoux sur

le devant de la scène, et chante cette belle prière, commençant par ces mots :

Mon Dieu ! que je l'ai échappé belle ! ! !

Mais le pauvre homme s'abuse. A peine a-t-il disparu, que Pluton revient escorté de ses trois plus habiles suppôts, Minos, Lucifer et Perti-nax (??). Les quatre démons tiennent conseil et décident qu'il faut détruire la maison du saint. Ils appellent aussitôt à l'aide les diablotins infer-

naux, et toute la bande chante et danse sur l'air
de *Barbari* :

> Nous allons prendre le cochon
> Du bienheureux Antoine;
> Nous en ferons du saucisson,
> Aux dépens de ce moine;
> Puis nous lui mangerons,
> La faridondaine, la faridondon,
> Nous en f'rons part à nos amis,
> Biribi,
> A la façon de Barbari,
> Mon ami.

Aussitôt ils font irruption dans la maison du
solitaire, se pendent à la cloche, jettent la toiture

par terre. Saint Antoine,
affolé, ne sait où donner du
goupillon. Soudain on en-
tend dans la coulisse le bruit
d'une allumette, et *Saligot*
s'élance sur la scène pour-
suivi par les démons, et
l'allumette enflammée,
plantée vous savez où. A
cette vue, le saint, oubliant
le soin de sa propre conservation, se lance à la pour-
suite de son compagnon, lui soufflant de toutes ses
forces sous la queue pour éteindre le commence-

ment d'incendie. Mais, hélas! inutile labeur.

Saligot disparaît entraîné par la troupe des démons, et le saint, accablé, reparaît seul.

« Les méchants! s'écrie-t-il, ils m'ont pris
mon seul ami, mon pauvre *Saligot!* »

Et s'agenouillant en se tournant vers les coulisses, il adresse aux démons cette prière bien connue :

Rendez-moi mon cochon, s'il vous plaît !
Messieurs, voulez-vous me le rendre !...
   Il faisait ma félicité !
   Il avait l'âme si tendre, lon la,
   Il avait l'âme si tendre.

Les démons
lui répondent
par des rica-
nements. Mais
c'est à ce mo-
ment que Dieu,
touché de tant de
vertu, envoie
un ange qui ra-
vit le saint, et
l'emporte avec
lui dans le ciel,
où il retrouve
sans doute les
mânes indignées
de *Saligot*.

J'ai vu jouer
par des Marion-
nettes le procès
de Fualdès. Les
personnages qui
le représen-
taient, avaient
servi la veille à
jouer *la Passion*, et n'avaient pas quitté leurs cos-

tumes, de telle sorte que les juges d'Israël con-
stituant le tribunal de Rhodez, Bastide et Jau-
sion avaient le manteau de pourpre et la couronne d'or des prêteurs romains ; et, enfin, la
sainte Vierge prêtait ses traits et son costume à
Mme Manson.

Le répertoire ordinaire des Marionnettes qui
parcourent les campagnes reculées, se compose,
en outre, de *Saint Antoine* et de *la Passion,* de
*Geneviève de Brabant, Don Juan ou le Festin
de pierre* (!!!!), et se termine invariablement
par le Polichinelle local, parlant l'idiome du pays,
et qui, suivant la verve du Marionnettiste, arrive
à des effets d'une étrangeté sans pareille.

POLICHINELLE

CHAPITRE XXIV

LES THÉATRES RELIGIEUX

La Sainte Cène au boulevard Clichy.

A religion, dans les fêtes, est également représentée.

Plusieurs industriels ont eu l'idée de renouveler *les Mystères de la Passion* et de monter des théâtres religieux.

Il est vrai de dire que ces théâtres ne sont pas nombreux et que c'est tout au plus si l'on en compte trois ou quatre en France.

Ce ne sont pas des vues grossies par des loupes, comme vous pourriez le croire qui nous initient aux saints mystères, ce sont bel et bien de jeunes comédiens portant les costumes de l'époque, dialoguant entre eux sur un théâtre avec ses décors, ses changements, ses trucs, et nous racontant la vie de Jésus-Christ et de ses disciples.

L'un d'eux nous montre *le Chemin de la Croix*, la vie et la mort du Christ en vingt tableaux. Je ne crois faire mieux qu'en reproduisant l'affiche elle-même.

Vous y verrez que le dirécteur se nomme M. Nouvelon, qu'il est élève de M. Cuélaire, que ses élèves sortent de plusieurs académies, que dans son spectacle le profane est entièrement supprimé, enfin, qu'à l'intérieur, il n'y a ni divertissement, ni parade, vu le genre de travail moral, artistique et religieux.

Seulement, ce qui me frappe dans la rédaction de ce prospectus, c'est cette phrase :

Choix varié de Pantomimes.

Je ne sache pas que la pantomime et la religion pouvaient aller de pair.

Je livre, du reste, cette affiche à vos réflexions.

A propos de théâtres religieux, je me promenais un jour près du boulevard Clichy ; j'étais allé voir les exercices d'un homme qui levait un tonneau, des poids et une personne avec ses dents, quand mes yeux furent frappés par l'enseigne d'un théâtre de modeste apparence, sur l'affiche duquel on lisait :

ICI C'EST MORAL !!!

GRANDISSIME SPECTACLE RELIGIEUX

Joué par des enfants des deux sexes.

LA PASSION

GRAND DRAME HUMAIN EN PLUSIEURS TABLEAUX

C'EST INCROYABLE !!!

ENTRÉE : 10 CENT.

Je n'eus rien de plus pressé que de pénétrer dans l'établissement et d'aller m'asseoir aux premières.

Le théâtre s'emplit peu à peu et la représentation commença.

Ce fut d'abord *la Sainte Cène.*

Les jeunes artistes jouaient leur rôle à mer-

LA SAINTE CÈNE

veille ; à un moment dónné, celui qui remplissait le rôle de Judas s'avança près du Seigneur et lui dit :

— Je m'appelle Judas et je t'embrasse.

Trois apôtres se levèrent et s'écrièrent :

— Ne t'laisse pas embrasser, Jésus, c'est-z-un traître.

— De quoi, riposta Judas, j'suis un traître ? Vous m'paierez c'te parole-là !

J'avais assez du spectacle et de cette triste parodie, et je me retirai étonné que l'on permît une exhibition de ce genre.

A la porte je trouvai le directeur, qui me dit :

—Ah ! monsieur, si j'étais dans un quartier bien, comme le faubourg Saint-Germain, par exemple, je ferais joliment mes affaires. Mais ici il ne vient que des *voyous*.

C'en était assez ; je me dépêchai de sortir de cet établissement, et depuis, lorsque dans une fête, j'aperçois sur l'enseigne d'une baraque : *Théâtre religieux*, je m'empresse de retourner sur mes pas.

Je me souviens trop du spectacle de Clichy.

Pour finir ce chapitre, je reproduis l'affiche du *Théâtre de Jérusalem*.

PAR PERMISSION DE M. LE MAIRE

AUJOURD'HUI ET JOURS SUIVANTS, PENDANT LA DURÉE DE LA FÊTE

THÉATRE DE JÉRUSALEM

SITUÉ SUR LE CHAMP DE FOIRE

Sous la direction de MM. B. GARA et PESCIOLI artistes modeleurs de Milan.

AVIS. — MM. GARA et PESCIOLI, novateurs de ce genre de spectacle, offrent à la religion et à la curiosité des habitants de cette ville ce que l'on n'a jamais vu :

LES DERNIÈRES PHASES DE LA VIE TERRESTRE DE N.-S. JÉSUS-CHRIST

représentées sur un vaste théâtre, par des personnages en cire massive, mécanisés, accomplissant tous les mouvements de personnes naturelles. Les décors, d'une rigoureuse exactitude, sont dus au pinceau de M. GARA. Les costumes sont d'une admirable fraicheur ; enfin : ILLUSION COMPLÈTE

APERÇU DES TABLEAUX

PREMIER TABLEAU

LA CÈNE

Représentant le dernier repas que Notre-Seigneur fit avec ses Apôtres avant sa cruelle Passion. On verra dans ce tableau Jésus et ses douze Apôtres ; Jésus désignant Judas comme devant le trahir ; consternation des autres Apôtres (Tableau animé).

DEUXIÈME TABLEAU.

AGONIE DE JÉSUS AU JARDIN DES OLIVES

Jésus tombe la face contre terre, un ange vient le consoler ; l'ange remonte au ciel ; puis Judas se présente, lui donne le baiser de trahison, les trois Apôtres qui accompagnaient Jésus l'abandonnent, et les gardes s'en emparent pour l'emmener à Pilate, son juge inexorable.

TROISIÈME TABLEAU.

LA RÉSURRECTION

Les saintes femmes se rendent au tombeau pour voir encore Notre-Seigneur, se disant : « Nous ne pourrons jamais soulever la pierre du sépulcre ! » Quel est leur étonnement en voyant le tombeau ouvert, les gardes endormis et un ange leur annonçant l'heureuse nouvelle de la Résurrection.

QUATRIÈME TABLEAU.

APOTHÉOSE
ASCENSION DE N.-S. DANS LE CIEL

Dans ce tableau, l'on voit le divin Sauveur, éclatant de majesté et de lumière céleste, s'élever dans le ciel, escorté par une légion d'anges qui l'an ènent aux pieds du PÈRE ÉTERNEL.

Ce magnifique tableau, d'une splendeur éblouissante, termine la représentation et sera éclairé par la lumière électrique.

Les Directeurs qui n'ont reculé devant aucun sacrifice pour représenter dignement nos saints mystères, espèrent que la sympathie de nos populations si éminemment chrétiennes *ne leur manquera pas.*

Les représentations étant d'une courte durée (40 *minutes*) permettent aux pères et mères de famille d'y amener leurs enfants.

L'Administration traitera de grè à grè pour les séances particulières avec MM. les Directeurs de Lycées, Séminaires et Pensionnats.

Seulement cette fois ce ne sont plus des personnages vivants, mais bien des personnages en cire modelée, qui font les frais du spectacle.

Une réflexion, que nous livrons à l'intelligence de MM. Gara et Pescioli. Pourquoi, les représentations étant de courte durée, les pères et les mères pourront-ils y mener leurs enfants!

Somme toute, ces sortes d'établissements ne renferment absolument rien de curieux. On y voit de tristes parodies de ces grands drames humains dont Jésus-Christ a été le héros, et il est toujours pénible de voir parodier de semblables scènes.

CANARD, LE DIABLE DE LA CHAUDIÈRE

(D'après nature).

CHAPITRE XXV

LA DANSE MACABRE A LA FÊTE DE NEUILLY.

 E serait une forme nou-
velle et fort instructive de
l'histoire du monde que
l'étude des moyens em-
ployés, aux diverses épo-
ques, pour faire entendre
à chacun ses vérités. Songez donc que, d'une part,
on aurait la vérité vraie,
et, de l'autre, le véritable
tempérament d'une épo-
que. D'après la difficulté
plus ou moins grande de faire arriver ladite

vérité jusqu'aux oreilles des intéressés, il me paraît que la fable qui la fait sortir toute nue de son puits, n'est qu'une énorme erreur. Si la vérité doit se montrer, ce n'est que sous des costumes d'emprunt, qui la fasse passer par surprise.

L'apologue a pris sa source dans cette nécessité. Et croyez-vous même qu'il soit facile de manier l'apologue? Demandez donc à Rabelais, qui a si bien embrouillé son œuvre de fable et de vérité, que les commentateurs y perdent aujourd'hui leur latin! A ce temps excessif du moyen âge, il n'était pas aisé de dire aux puissants ce que l'ont pensait d'eux. La vérité pourchassée se réfugiait où elle pouvait. Elle grimpait le long des carreaux des cathédrales, sous la forme de personnages allégoriques, dans lesquels le peuple gouailleur trouvait une muette vengeance contre ses oppresseurs.

Elle se dissimulait sous les voiles de la chanson, sous les vives nuances de l'enluminure, et, si elle restait stérile et sans fruits, ainsi déguisée, du moins, procurait-elle aux opprimés un soulagement analogue à celui que l'on peut éprouver à conter ses peines à son bonnet de nuit. Il y a là tout un envers de l'histoire à étudier, autrement vivant et curieux que n'est le côté officiel.

Mais l'apologue vengeur avait de plus belles manifestations encore que la sculpture, la strophe ou l'image : il avait le mystère ; et, parmi tous les mystères vengeurs, la *danse macabre* tenait le premier rang. Ah ! par exemple, sous cette forme religieuse et indemne de toute violence, on ne la mâchait pas la vérité ? Pape, empereur, évêque et seigneur, grande dame et fille galante, juif et marchand, tout y passait. La mort, le grand niveleur, conduisait la farandole ; chacun à son tour venait baiser ses pieds de squelette et reconnaître son inéluctable pouvoir, et à chacun elle distribuait selon ses mérites. La danse macabre est certainement la plus philosophique et la plus forte leçon que l'ingéniosité du faible ait su imaginer contre le puissant.

Eh bien, nous avons possédé la danse macabre à la fête de Neuilly. Oh ! ce n'est plus le magicien Macaber, son rebec à la main, qui conduit la danse et personnifie la grande justicière. Un peuple avide ne va plus savourer passionnément sa vengeance inoffensive ; non, c'est M. Canard qui mène le bal, et le populaire bien repu, qui l'encourage de ses rires et de ses bravos, ne succombe pas sous le poids des colères rentrées.

Que fait donc M. Canard : mais tout simplement il a imaginé de remettre en scène la vieille danse macabre, dont il ne soupçonne probablement pas l'existence. Il a un grand justicier, le diable Georges, et une grande chaudière, où l'un après l'autre, il précipite, par les soins de Georges, tous les tremblants mortels convaincus de *carottisme* qui comparaissent devant lui. Et voilà tout.

Du reste, la chose se fait très-régulièrement, il y a trois juges ; ils sont en fer-blanc peint, muets et roides... comme la justice.

Le défilé commence.

— Ah ! maître Basile, l'hypocrisie et le mensonge furent vos péchés mignons; la calomnie, votre arme favorite... Carottier, à la chaudière !!!

— Maître Grain-d'Orge, le beau marchand de grains, vous trompiez sur le poids et spéculiez sur la faim du pauvre... à la chaudière !!!

— Et toi, mitron, qui l'aidais et mettais du plâtre dans ton pain... à la chaudière !!!

— Et toi Tournebrin, le tailleur habile, qui savais te tailler une culotte dans l'habit de ton client... à la chaudière !!!

— Et toi, Bois-sans-Soif, qui dépense en une nuit, au cabaret, de quoi faire vivre ta famille, qui hurle la faim... à la chaudière !!!

— Mme Belladonne, qui empoisonnait ses maris après avoir extorqué des testaments en sa faveur... à la chaudière !!!

Vous voyez que le diable Georges n'est pas si bon diable qu'il en a l'air, et qu'il donne large satisfaction au sentiment de justice populaire. Mais ce n'est pas tout, et les criminels politiques ne lui échappent pas.

— Bismark, qui employa pour le deuil de l'humanité la riche intelligence que le ciel t'avait départie... à la chaudière!!!

— Guillaume, royal carottier des rois tes voisins... à la chaudière!!!

— Santa-Cruz, le ministre maudit d'un Dieu de paix et d'humanité... à la chaudière!!!

Et Canard ne s'arrête pas. Sa verve vengeresse atteint tout le monde, et tout ce petit peuple de marionnettes désespérées, frétillant et se disloquant, passe devant lui au son de la grosse caisse et du tam-tam, pour faire le saut dans la chaudière exterminatrice, à la grande joie d'un public charmé d'une si belle justice et d'une si complète expiation. Du reste, Canard fait bien les choses, car ayant exterminé tout le monde, et se trouvant probablement la conscience un peu lourde, il plonge lui-même dans son enfer… et va reparaître de l'autre côté de la toile pour annoncer la seconde représentation.

Le public lui fait des ovations, et la baraque où se donne cet ingénieux spectacle ne désemplit pas. Ce serait, en vérité, à croire que nous n'avons pas le droit de dire ce que nous pensons, et que nous en sommes contraints de recourir aux allégories du moyen âge pour soulager le trop plein de nos rancunes.

Cependant chacun sait bien le contraire, et que la liberté brille pour tous. D'où vient donc que l'on s'épanouit si franchement d'entendre dire tout haut ce qu'on pense tout bas ? Dame ! peut-être bien que Canard est un grand philosophe ! Il sait que si je me plaignais de Basile, M. de Guilloutet surgirait devant moi, son mur de la vie privée à la main ; du boulanger… la correctionnelle luit pour tous.

Enfin, de nos voisins d'outre-Rhin… Demandez donc aux journaux qui se mêlent de parler politique. Décidément Canard a eu une idée ; sa danse macabre est peut-être un exutoire à la conscience publique, et je ne puis faire honneur à ses seules marionnettes du succès étonnant qu'a obtenu sa baraque à la fête de Neuilly.

Mais, ô terrible désillusion !

Un matin, Canard reçut l'ordre de quitter Neuilly et d'aller porter ailleurs ses pantins et sa chaudière.

Le plus curieux, c'est que la veille même du jour où cette mesure fut prise et exécutée, l'*Officiel*, sous la signature spirituelle de M. A. Daudet, avait publié un grand article, consacré tout entier à Canard et à ses marionnettes.

Qu'on dise maintenant que les extrêmes se touchent !

LA LOTERIE — M. GÉROME GAGNE-A-COUP-SUR

(D'après nature).

CHAPITRE XXVI

LES JEUX.

N ne se rend pas seule-
ment dans les fêtes pour
aller voir des géantes,
des magnétiseurs, des
femmes à barbe, pour
assister aux exercices
des lutteurs, ou pour
suivre les représenta-
tions des théâtres ; ces
amusements ne plaisent
pas à tout le monde et
je connais foule de per-

sonnes qui ne sont attirées que par les innocentes distractions de la toupie hollandaise, du billard anglais ou du jeu de palet.

Comme tous ces jeux d'adresse sont une des

principales *attractions*, je crois qu'il est nécessaire de dire un mot sur chacun d'eux, d'autant plus que contre une baraque de saltimbanque, on compte dans les foires dix jeux de toutes espèces.

Le plus ancien et sans contredit le plus naïf de tous les jeux est le *Jeu de Macarons*. La rouge ou la noire, comme à la roulette, et vous gagnez ou vous perdez. La bille est lancée par la force d'un ressort à boudin, fait le tour des cases,

et finit par s'arrêter sur l'une d'elles : si vous avez
dit *rouge,* et que ce soit sur la rouge, vous gagnez
une demi-douzaine de macarons, sinon vous
perdez. C'est le bénéfice du marchand.

Nota. — Les macarons se fabriquent par milliers à la fois : ils reviennent à quelques centimes
la douzaine au marchand qui les prend par quantité:

Se défier des macarons ! Bien observer que le
marchand qui sait ce qui entre dans leur fabrication n'en mange jamais...

A côté du primitif jeu de macarons, nous aper-

cevons une grande boutique remplie de verres,
d'assiettes, de chats en porcelaine, etc., etc.

Devant, une immense roue, sur laquelle sont inscrits des numéros, est tournée par un homme en blouse bleue, coiffé d'un long bonnet de coton, qui se tient droit et roide comme un bonnet à poil. Après avoir, moyennant 10 centimes, distribué à la foule de longs cartons, remplis de numéros, il commence la loterie. La roue tourne, s'arrête.

— 33?

— Qui a 33 ?

— Moi.

— Très-bien, vous gagnez un verre !

— Une autre partie, messieurs, à une autre.

C'est en quelque sorte sorte un jeu de loto. Le bénéfice du marchand consiste à ce que l'on ne prenne pas tous les cartons. Naturellement, plus il lui en reste, plus il a de chances de gain.

Il faut voir la figure des joueurs. Les yeux fixés sur leurs cartons, ils attendent, sans respirer, le fatal numéro.

Beaucoup de tourlourous à ce jeu. Pour leurs deux sous ils cherchent à gagner un beau verre dont ils feront hommage à leur tendre amie.

Dans d'autres boutiques, il faut abattre à l'aide d'une boule retenue par une corde à un arc de

cercle en métal, une boule plus petite posée sur la
tête d'un Chinois. C'est un jeu des plus faciles. Il
faut, lorsqu'on l'a abattue une première fois, ne
pas bouger la main, et renvoyer la boule sans

faire de mouvement trop brusque. J'ai vu des
joueurs décoiffer le Chinois deux cents fois de
suite, sans manquer un coup. Une fois la partie
finie, selon le nombre de lots que vous avez gagnés,
vous choisissez parmi les bibelots, cinq, dix,
vingt-cinq, cinquante ou cent lots.

Tous ces objets, pour la plupart, proviennent
de grandes maisons : mais ils sont vendus à vil
prix, parce qu'ils renferment de légers défauts de

fabrication dont on ne s'aperçoit souvent même pas.

Le *Billard anglais* a aussi son charme et nombre d'amateurs cultivent ce jeu avec autant d'en-

thousiasme que le bon bourgeois du Marais cultive les choux et les carottes, le dimanche, à Montmorency. Il suffit d'abattre les douze billes avec trois boules pour gagner deux lots.

Quant à la *Toupie hollandaise*, c'est un jeu trop connu et trop répandu, en France, pour qu'il soit nécessaire d'en parler. Le nombre de lots gagnés dépend du nombre de quilles abattues. Quand la toupie passe à travers l'arche au milieu de laquelle se trouve une petite sonnette, on gagne

un lot en plus. La force est pour beaucoup dans ce jeu, ainsi que la manière de ficeler les toupies.

Règle générale : Toujours serrer la corde avant de lancer la toupie, car les marchands la laissent aussi lâche que possible, afin de diminuer d'autant la force et la vitesse de la toupie. Un conseil : ne jamais soulever le billard d'une main, pendant que l'autre tire la ficelle ; les quilles abattues ainsi ne *comptent pas*, et l'on paie quand même les 10 centimes, comme si on avait joué.

Le jeu du *Palet* est un des plus difficiles. Il consiste à couvrir, à cinq pas, des ronds de cuivre

avec des palets ; chaque rond couvert gagne un lot. Il en est de même du jeu des *Quilles naines.*

Sur le devant d'une table basse, se trouvent qua-

tre petites quilles en cuivre ; il s'agit de les abattre
toutes les quatre à l'aide de dix palets lancés à
environ deux mètres. On joue généralement ou
trop haut ou trop bas ; et l'on épuise la série de
dix palets sans abattre une seule quille. Par contre
l'on gagne, selon le prix de la partie, 5 centimes
ou 25 centimes, une demi-douzaine de macarons, un couvert en ruolz, une montre, un revol-
ver ou tout autre objet *de prix...*

Un autre jeu consiste à lancer des *anneaux*

de cuivre sur des couteaux plantés verticalement
dans la terre : chaque anneau qui entre gagne le

couteau. Le prix de ce jeu est de 10 centimes par

anneau. Il y a, ma foi, de fort jolis couteaux,
d'autres plus simples, et au milieu un superbe
coutelas de chasse en ivoire : que l'on ne gagne
jamais. C'est un jeu excessivement difficile. Il
rencontre peu d'amateurs.

Voulez-vous gagner un lapin ? Lancez cette
bille à travers ces douzes quilles : si vous en abattez deux, seulement deux, vous emportez l'animal
moyennant vos 25 centimes. Tant pis pour la
marchande si vous en renversez quatre ; elle est
forcée, selon ses conventions, de vous donner
deux lapins, ou si vous préférez, deux canards ;
et vivants, s'il vous plaît.

Mais rassurez-vous, vous jouez vingt parties
sans en gagner une seule. Je me souviens, à la
fête de Poissy, d'avoir vu un enragé dépenser

22 fr. pour gagner un lapin qui était d'une maigreur terrible.

Voici comment est disposé ce jeu.

Le billard est légèrement incliné; 12 quilles sont

rangées en bataille, la boule peut être lancée ou avec une queue ou à la main : la difficulté consiste en ce que le haut du billard est rond et que la boule tourne autour, sans rien déranger. Il faut jouer avec la main pour gagner, lancer vivement la boule en la faisant tourner sur elle-même, de façon à ce que l'*effet* se produise sur le côté droit du jeu et que la bille n'arrive pas en haut. Avec un peu d'habitude on arrive à gagner presque à chaque coup.

Une petite recommandation : lorsque l'on est sûr de soi, ne jamais être seul pour jouer. Avoir soin de s'entourer de deux amis, sans cela la marchande prétend que l'on n'a pas gagné. De là dispute, et ces dames connaissent le refrain de *Madame Angot*, sur le bout du doigt :

Pas bégueule ! forte en gueule !

Les *Tourniquets* sont aussi fort achalandés. C'est encore une loterie.

Un grand plateau en bois, supportant des verres, des assiettes, des soupières, des coque-tiers, des... avec un œil au fond, tourne sur un pivot. Des traits bleus et rouges séparent des petites tiges de fer, entre lesquelles s'arrête la lame d'acier ou de baleine fixée à la table. Généralement on gagne aux points blancs et les gros lots aux rubans rouges.

— Ne tournez pas trop fort, vous dit le marchand, pour éviter la casse — et il a raison ; car on ne gagne ni plus ni moins.

A ces tourniquets on peut, si la chance est favorable, monter son ménage pour quelques sous !

A côté l'on gagne, de la même manière, de la porcelaine bleue ou des pains d'épice, ou des boules en verre coloré, de diverses grosseurs, selon le prix de la partie, qui varie entre 10 centimes et 25 centimes.

Ici c'est le grand

MASSACRE DES INNOCENTS

Abattez, Messieurs! tuez-les!

Cinquante poupées environ sont rangées sur des gradins : il s'agit de les abattre avec des balles en peau. *Chaque six bonhomme* donne droit à un lot.

C'est un des jeux les plus amusants que je connaisse. J'ai un ami fanatique du *Massacre des Innocents,* qui dépense des sommes folles à cet amusement, et c'est d'autant plus risible que chaque poupée représente un type différent. Le grave commissaire, Pierrot, un Prussien, M. Lassouche, le Diable, la Mariée, — lorsqu'on l'attrape, sa

couronne de fleurs d'orangers s'enlève dans les
airs! — un Capucin, Arlequin, etc., etc. Tous ces
petits bonshommes et ces bonnes femmes semblent vous narguer, et lorsqu'elles sont abattues,
on dirait encore qu'elles rient de votre habileté.

Les lots gagnés consistent en roses, en mirlitons, en cigares ou en cuillers à café. Le prix du
jeu est de cinq centimes la balle.

Maintenant, Messieurs, voulez-vous faire une
partie?

*Chaque boule dans le trou, chaque demi-
douzaine.*

Lancez adroitement ces boules de bois dans la
gueule de ce Diable, et vous avez droit à six macarons ou à une rose, au choix.

Quand vous avez dépensé deux ou trois francs,

et gagné deux ou trois douzaines de macarons,
le marchand, qui connaît son monde, ne manque
jamais de vous offrir une rose par dessus le marché. — Peut-on être plus talon rouge?

A côté du jeu de boule, vous vous demandez
ce que fait cet homme qui essaye, à l'aide d'une
longue canne, de renverser une bougie placée sur
une soucoupe. En voici l'explication :

Le marchand pose une assiette à terre, et place
dessus une bougie. Si c'est le soir, il l'allume ; le
jour, il la laisse telle qu'elle. Il vous met entre les
mains une canne terminée par une tige de baleine excessivement flexible, avec laquelle il faut,
pour gagner, que vous abattiez la bougie.

Au premier abord, ce jeu paraît d'une simplicité plus que naïve, car le marchand, à chaque coup, abat la bougie. Mais essayez dix fois, vingt fois, vous n'arriverez jamais à la renverser. Lorsque vous avez cette chance, vous gagnez des chandeliers ou des montres en argent.

Règle générale : pour renverser la bougie, il faut la prendre par la base, à environ deux centimètres du sol, et imprimer à la canne un coup ni trop fort ni trop faible, de façon à *conduire* la bougie hors de la soucoupe. C'est la seule manière d'atteindre le but de ce jeu.

Abattez maintenant ces deux quilles avec une boule, et vous gagnez de beaux couverts !

 Les deux quilles sont placées à terre, et il faut lancer la boule, à environ deux mètres, de telle sorte qu'elle les renverse toutes deux. Le marchand les abat à tout coup, pour vous engager à faire la partie ; mais vous n'arrivez pas une seule fois à l'imiter.

Il faut, pour gagner, lancer la boule très-doucement juste au pied des deux quilles.

Quelquefois la boule est suspendue par une ficelle, et les deux quilles doivent être abattues *par le retour,* — comme dit le marchand ; — c'est-à-dire qu'il faut lancer la boule en avant et la laisser revenir sur les quilles. C'est encore un jeu très-difficile.

Ici il faut accrocher un anneau à des crochets fixés sur une planche. La planche est inclinée, et l'anneau est suspendu par une ficelle à une tringle.

Là on vend des cahiers de papiers à cigarettes, moyennant dix centimes. Sur cinq cents cahiers, 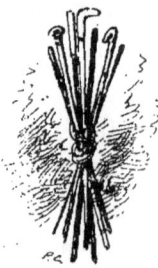 deux cent cinquante contiennent des petits carrés sur lesquels sont inscrits : six savons, une brosse, douze plumes, une photographie ; les deux cent cinquante autres ne renferment rien. Tant pis pour le marchand, si vous avez la main heureuse; tant mieux si vous achetez des cahiers qui ne renferment rien.

Là on débite des cartes enfermées dans une enveloppe. Si vous tombez sur la bonne, vous gagnez un, deux ou trois lots : généralement des sucreries.

Maintenant, avis aux amateurs de fusil.

Cassez-vous des pipes ? Non, c'est trop facile.

Alors venez et décoiffez ce petit Guillaume

Tell. Chaque fois que vous attraperez la boule qu'il a sur la tête, vous gagnerez une rose.

Ne passez pas devant le *Théâtre mécanique* sans vous y arrêter.

Ce théâtre mesure environ deux mètres carrés. La toile est baissée. On vous remet une arbalète entre les mains, et chaque fois que vous attrapez une rose, la toile monte, les décors changent à vue, de petits personnages se présentent. C'est un joli travail, fort bien conçu et admirablement exécuté. C'est un plombier, M. Lelièvre, qui en est le constructeur : le théâtre, les accessoires, la tente, la voiture, le tout lui est revenu à neuf mille francs *avant de sortir.*

Les projectiles sont en sureau et le prix de chaque coup est de cinq centimes. J'ai calculé qu'il fallait en moyenne trente balles pour avoir la représentation complète.

Enflammez maintenant, à l'aide d'un fusil, cette fusée qui se balance à trois mètres de terre, et vous gagnerez un pigeon. L'arme est chargée avec une composition spéciale.

Seulement je crois bien que la mèche de la fusée est toujours humide, car, jamais, jamais, je ne l'ai vu s'enflammer.

N'oublions pas le Tir électrique. Chaque fois que vous atteignez le but, un tambour électrique bat ; ou bien il paraît une poupée qui danse et rentre dans sa niche.

Et pour finir, citons le

Tir hydraulique
des Eaux de Saint-Cloud, alimenté par
la vapeur,

Tᴇ_ᴜ ᴘᴀʀ Lɪᴢᴏʀᴇ.

*
* *

Le Grand Tir de Salon hydraulique,
Tᴇɴᴜ ᴘᴀʀ Bᴏᴜᴄʜᴇʀ.

*
* *

LE TIR HYDRAULIQUE
ᴛᴇɴᴜ ᴘᴀʀ Mᵐᵉ ᴠᴇᴜᴠᴇ sᴇɴs.

*
* *

Je crois avoir cité les principaux amusements des fêtes populaires. Et je crains fort que, d'ici quelques années, ces amusements ne remplacent entièrement les pîtres, la parade et les théâtres, car il deviennent de plus en plus nombreux; tandis que les saltimbanques sont de plus en plus rares.

TABLE DES MATIÈRES

FIN DE LA TABLE.

4-3325 Paris. Typographie Morris Père et Fils, rue Amelot, 64.